ARCHIE

DE LA MÊME AUTRICE

Une vie à t'attendre, Charleston, 2016.
Le Choix d'une vie, Charleston, 2017.
L'Envol, Charleston, 2019.
Mademoiselle Papillon, Robert Laffont, 2020.

ALIA CARDYN

ARCHIE

roman

Robert Laffont

ISBN : 978-2-221-24936-9
Dépôt légal : octobre 2021
Éditions Robert Laffont – 92, avenue de France, 75013 Paris

À tous les poètes
Ceux qui s'ignorent
Ceux en devenir
Les frileux, les enthousiastes
Les marcheurs, les immobiles
Ceux qui écrivent
Et ceux qui restent silencieux
Ils sont ce chant lumineux
Magie soufflée sur notre monde
Le vivant qui se fait mots
Les mots qui célèbrent le vivant
Autant de naissances renouvelées

1

Je m'appelle Archie. Un prénom comme une fulgurance. Un prénom loin de mes origines médiocres. Royal parce qu'un autre Archie, plus chanceux, est né quelques jours avant moi. Qu'un instant, sous l'afflux d'hormones, ma mère s'est prise pour une princesse.

Un prénom qui claque. Sans doute le seul truc que j'aie pour moi.

Mais non Archie, ce n'est pas vrai! dirait mon éducateur. Jean est un type optimiste, de ceux capables de voir dans les jeunes oubliés que nous sommes un espoir d'autre chose que la vie tristounette qui nous attend. Il poserait une main sur mon épaule, il sourirait et lancerait un truc du style : *Archie, tu as beaucoup pour toi, tu as tes jolis mots par exemple.*

Et pendant quelques secondes, je le croirais.

Je suis né d'un père stupide et d'une mère trop intelligente. Une mère qui saisit tout comme une baffe et en crève. Enfin, c'est ce que j'ai capté de nos rares rencontres. La façon dont son visage se creuse lorsque mes bras se croisent n'en est que les prémisses. Le reste de sa souffrance couve, telle la lave d'un volcan prêt à exploser. Si ma bouche se contracte parce que face à elle je ne peux que me tendre, ses yeux s'embuent, ses mains se replient sur elles-mêmes, forment ces poings, boules de chair qui pendent de part et d'autre de son corps fatigué. Souvent, je me dis qu'elle garde ses poings serrés pour s'empêcher de caresser le visage de son adolescent. Parce que, malgré tout, elle en aurait envie. Mais sa main et ma joue restent toujours éloignées à défaut de savoir faire autrement.

Pour égayer cette salle qui n'accueille que des rencontres forcées, minutées, douloureuses, le personnel a placé quelques vases garnis de fleurs en plastique. Ma mère a toujours peur de déranger. Elle s'assied sur le bord d'une des chaises qui entourent la table en Formica. D'une main, elle pianote sur le plastique, égraine les secondes de notre temps ensemble.

Il me faut un peu de courage pour prendre place en face d'elle. Lorsque mes fesses touchent l'assise, j'ai l'impression d'être pris au piège, dans une conversation ou un silence contraint. Je retarde ce moment. J'attends et elle lève les yeux vers moi. Les larmes montent sans couler, ses poings se crispent à nouveau, le temps ne prend plus la forme d'un cliquetis verni. Il se tend comme une corde entre nos deux corps ignorants. Il s'écoule sans jamais nous appartenir. Alors, vite, je m'assieds. Pour ne pas empirer les choses.

Elle baisse les yeux, joint les mains en une prière distraite, faite de désirs confus, d'un besoin de maternité tardive, un espoir de réparation pour les deux rescapés que nous sommes.

Parfois, je veux tendre une main par-dessus la surface lisse, saisir la sienne que je suppose froide. Un instant, je ferme les yeux, j'imagine nos peaux qui se touchent, la chaleur qui s'en dégage, et tout ce que cela pourrait initier de nouveau pour nous. Mais jamais je ne bouge. Elle non plus. Notre histoire nous cantonne à ces rôles passifs, celui d'une mère, celui d'un fils. Notre passé occupe toute la place. Ma mère retient ses pardons là où ils ne servent à rien. Et moi, j'ai depuis longtemps renoncé à demander.

Ma mère porte toujours des tenues improbables, signe de son sens tout personnel des priorités. Son but dans la vie n'est pas de fonctionner dans notre société en une citoyenne responsable qui rapporte un salaire et en gère la dépense, pour un toit, une assiette remplie, des loisirs, des vêtements aussi. Enfin peut-être était-ce son but avant que tout ne dérape. Qui sait ? Personne. Tout a dérapé tellement tôt que l'avant a disparu, dissipé par la violence qu'elle s'est imposée. Ou contre laquelle elle n'a pas su lutter. Je suis incapable de choisir. Je ne parviens pas à savoir si ma mère est victime ou non. Il y a des jours où je me dis que pour en arriver où elle est maintenant, maigre, cernée, incapable de tendre la main vers moi, elle doit en avoir bavé. Puis, il y a tous ces autres jours où je suis en colère. Là, je vois les choses différemment.

Le but de ma mère varie, il passe d'un monde à l'autre. Arrêter les médicaments, sa dépendance, ses crasses comme je les appelle, ou en trouver le plus rapidement possible. Ma mère avance double, comme son objectif. Elle se lève le matin, se frotte les yeux et se met en marche dans un sens ou dans un autre. Se détruire ou s'en sortir. Une ronde infernale qui dure depuis vingt ans. Aucun des camps ne gagne jamais. Elle balade son corps fatigué de l'un à l'autre. Elle espère un peu, puis renonce et plonge à nouveau.

Parfois, je me dis qu'elle fait semblant, que ce n'est pas possible d'échouer autant dans une vie, que si elle y croyait vraiment, elle s'en sortirait. Après tout, moi, j'en suis sorti.

Ma mère me regarde. Elle cherche ses mots.

— Comment ça va ?

— Bien.

Nos rendez-vous sont une même scène que l'on rejoue chaque fois, mollement, sans grande conviction.

— L'école ?

— Bien aussi.

Je mens parce que la vérité ne compte pas vraiment ici. Ce n'est pas comme si ma mère pouvait m'aider. Ce n'est pas comme si elle était apte à gérer un souci, un des miens ou un des siens. Ce n'est pas comme si elle était utile. J'essaie de ne pas penser à cela. *Ma mère est inutile.* Quatre mots qui forment une torpille dont je suis la cible.

— Ah.

Quand elle a épuisé ses questions, elle ponctue le silence d'onomatopées. Elle semble les garder sous le coude, les disperser sur notre temps ensemble comme l'on sème des graines à la volée.

— Mmmh.

J'acquiesce pour ne pas la laisser seule. Je voudrais partager quelque chose pour qu'elle et moi, on ait l'air plus normaux. Qu'on ait une conversation comme des gens ordinaires. Mais alors que les mots sont toute ma vie, ils me délaissent quand je suis face à elle.

— Tu… ?

J'essaie de répondre par des questions. Quand je commence ma phrase, elle paraît bonne, de nature à éviter tous les sujets interdits. Son addiction, ma vie ici, ma solitude, ses échecs, sa vie nulle part. Après le premier mot, je comprends que non. Forcément, ma question n'est pas bonne. D'une façon détournée, elle racontera la mère défaillante et toutes les conséquences pour moi. Forcément, même si je ne veux pas. Même si je n'en avais pas l'intention. Alors, je m'arrête. Je cherche autre chose pour lutter contre ce silence qui prend toute la place. Ni ma mère ni moi, pour une fois ligués dans le même combat, ne parvenons à le vaincre. Ce silence que nous ne pouvons qu'interrompre par instants, lueurs d'espoir qui s'évanouissent dans la nuit de notre relation.

— Mmmh.

— Quand… ?

Elle me regarde maintenant. Je vois qu'elle hésite. C'est pareil chaque fois qu'elle touche au sujet. Un truc qui a les couleurs de la victoire pour les deux perdus que nous sommes. Elle le garde toujours pour la fin de notre rendez-vous. Sans doute pour qu'il n'y ait pas trop de silence après. Le silence, c'est notre échec et là, dans cette question, réside tout notre espoir.

— Et tes poèmes ?

Dans ses yeux, il y a cet intérêt sincère. Une part de fierté aussi. Parce que, pour écrire des poèmes, il faut être sensible. Le seul truc valable qu'elle aurait bien pu me refiler. Sa sensibilité qui la met par terre. Cette sensibilité que parfois j'arrive à dompter, à transformer en jolis mots, en quelques lignes. Rien de bien brillant.

Je plonge ma main dans la poche arrière de mon jean et déplie une feuille. Mon écriture régulière évoque celle des enfances exemplaires, de l'élève assidu, de l'adolescent rangé, de tout ce que je ne suis pas.

Avant chacune de nos rencontres, je me force à m'asseoir pour écrire un poème à ma mère. Je ne peux pas me contenter de puiser dans le carnet qui contient tous mes textes. Les poèmes pour ma mère ne peuvent pas parler de ma souffrance. Ils doivent raconter l'espoir même mince que comporte nos vies. J'avoue que je n'y crois pas toujours. Pas souvent. Rarement. Je fais comme si. Je me glisse dans la peau de cet autre garçon qui aurait reçu plus, j'imagine contempler la vie avec ses yeux à lui. L'exercice est difficile. Il exige une créativité qui n'est alimentée que par les films ou les livres, ceux qui montrent une famille, le quotidien, la vie quand on est plusieurs. La vie quand on a de l'amour.

Ces poèmes sont les plus compliqués à écrire. Alors que mes autres textes prennent forme en quelques minutes, ceux pour ma mère me demandent du temps, des efforts. Je reste assis face à la page blanche, cherchant les mots que cet autre pourrait avoir. Comment matérialiser cet espoir, le faire exister ne fût-ce qu'un instant dans cette rencontre avec elle ?

Ma mère prend la feuille doucement, à deux mains, de la façon dont on saisit quelque chose de précieux. Elle me regarde, attend un signe.

La première fois, elle avait lu mon poème à haute voix. C'était atroce. Je ne voulais pas entendre mon demi-mensonge dans sa bouche. J'ignorais comment lui dire sans la blesser, elle qui a toujours peur de mal faire, elle qui n'ose presque rien. Au milieu du poème, j'avais toussé et elle avait levé la tête. J'avais bredouillé une excuse pour qu'elle continue sa lecture en silence. Elle avait baissé les yeux sur mon poème, se reprochant sans doute de ne jamais faire ce qu'il faut. En silence, elle avait lu longtemps. À la fin du texte, elle reprenait au début, comme s'il était impossible de se lasser, comme si elle voulait se baigner dans mes mots, n'exister que là où l'on croit.

Lorsque l'assistante sociale était venue annoncer la fin de la visite, elle m'avait tendu mon poème à regret. Elle n'avait pas compris qu'il était pour elle, juste pour elle.

En repliant soigneusement la feuille pour la glisser dans son sac, ma mère avait fermé les yeux, signe que les larmes étaient là. Elle avait soufflé pour les évacuer. Sans succès. Alors, elle était restée les yeux fermés, debout dans cette salle qui s'apprêtait à composer une autre famille de circonstance. Elle avait chuchoté merci et, toujours les yeux fermés, s'était retournée et avait marché vers la porte.

C'est là que j'avais décidé de recommencer. Dans ce moment étrange où nous ne ressemblions toujours pas à ces gens normaux mais où cela ne semblait plus aussi important.

2

La première fois que j'ai eu envie de tout quitter, je l'ai presque fait. Je me suis levé, j'ai attrapé mon sac, j'ai plié mes six T-shirts, mes cinq pantalons, mes quelques pulls, caleçons et chaussettes et les ai empilés. En regardant le sac à moitié rempli, une idée bizarre m'est venue. Je me suis dit que ces vêtements usés, déjà portés par d'autres avant moi, allaient enfin vivre quelque chose de bien. Une vraie belle aventure, pas de celles qui dépendent du degré d'amabilité des employés d'une institution. Une aventure où je serais le seul aux commandes.

— Qu'est-ce que tu fais ?

Absorbé par mon plan, je n'avais pas entendu Jean.

— Tu fais tes valises ?

Il se tenait debout, appuyé contre l'encadrement de la porte, les bras croisés.

— Oh, c'est rien d'important.

Je n'avais pas l'énergie d'inventer une histoire. Tout le monde sait bien que nous, les enfants, ne choisissons rien. Qu'avec nos vêtements, nous progressons au rythme des décisions des adultes, des aléas de la vie, des familles d'accueil qui se présentent, des parents qui vont un peu moins mal, même si c'est plus rare.

— Tu m'invites dans ta chambre ?

Jean se donne toujours un mal fou pour nous offrir le respect, même quand rien ne l'y oblige. Il est clair qu'ici, comme ailleurs, je ne suis pas chez moi. Chacun est libre d'entrer sans demander.

— Oui, ai-je marmonné.

Il s'est assis sur mon lit, à côté de mon sac.

— Tu n'es pas bien chez nous ?

Il a posé la question pour la forme. Nous connaissons tous deux la réponse. Non, malgré tous ses efforts, je ne me sens pas bien dans cette chambre, dans ce bâtiment, parmi ces autres enfants, dans cette vie sans avenir. Une main sur mon épaule, il a écouté mon silence qui racontait ce que nous savions déjà. Tout ce qui ne pouvait se dire sans me mettre plus à plat. J'étais debout quelques minutes plus tôt, avec un plan, foireux, mais un plan quand même et là, je me retrouvais à la case départ. Avec rien autour, rien dedans, rien devant.

— Ta présence ici est importante pour moi. Tu comptes, tu sais. Le matin, je me lève et je suis heureux de venir partager un peu de ton quotidien.

Jean a toujours ces phrases gentilles qui font presque pleurer. J'entendais ses mots mais ils me paraissaient loin. J'avais l'impression qu'il s'adressait à un autre, que ces mots-là et moi, ça ne collait pas. Les jolies formules de Jean ne faisaient pas le poids, une vérité contre tant d'autres. Pourtant, j'aurais voulu y croire.

— Un jour, il y en aura d'autres, a ajouté Jean.

— *D'autres* quoi ?

— D'autres personnes qui se lèveront le matin, heureuses de te connaître.

— Ah.

— Je sais que tu as le sentiment que rien n'est dans tes mains mais la vie ne sera pas toujours comme cela. Je te le promets. Un jour, tu auras une famille.

J'ai laissé échapper un petit rire nerveux.

— Moi, j'y crois. Et en attendant ce jour-là, je vais t'aider à ranger tes affaires dans l'armoire.

Cette première fois où j'ai fait mon sac, j'ignorais où aller. Je savais seulement que je voulais fuir, vite, loin.

Aujourd'hui, c'est différent. Il y a cette idée. Au début, elle semble fragile. Je la rejoue dans ma tête lorsque je suis seul. Avec elle, je ressens une sorte de pouvoir, une impression de liberté. Chaque fois que je lui donne de la place, mon idée devient plus réelle. Elle prend la forme d'un avenir. Quand le quotidien resserre son manteau sombre autour de moi, quand j'étouffe, maintenant, j'ai cela.

3

Pour partir, il me fallait un plan. Quelque chose de sérieux qui m'aiderait à tenir parce que, même si je voulais fuir ma vie ici, ce que j'avais pu goûter comme ailleurs ne m'inspirait pas beaucoup. C'est Madeleine qui m'a donné l'idée.

Madeleine est infirmière. Elle était là le jour de ma naissance et, ensuite, elle est toujours restée d'une façon ou d'une autre. Chaque semaine depuis seize ans, elle se manifeste. Une présence faite de courriers, de rencontres, d'appels téléphoniques.

Madeleine n'a pas d'enfants. J'ignore si elle en a voulu un jour, je ne connais rien non plus de sa vie amoureuse. À deux, on parle surtout de moi, de mon avenir et aussi un peu de son jardin. Elle habite aux abords de la ville. Elle aurait voulu la pleine campagne mais c'était compliqué pour se rendre au travail, avec les horaires irréguliers et les gardes. Sa maison dispose d'une petite cuisine où Madeleine prend tous ses repas, un salon, une chambre et une salle de bains à l'étage. Une maison minuscule mais une maison avec un jardin. Madeleine a une fascination contagieuse pour les pousses, boutons en fleurs, plantes en devenir, autant de développements ennuyeux qui dans sa bouche ont une autre saveur.

Ce mardi matin-là, au retour du petit déjeuner, une lettre de Madeleine m'attend sur mon lit. Même si nous nous sommes parlé la veille, même s'il ne se passe pas grand-chose dans la vie de Madeleine, je l'ouvre avec avidité. Ses lettres répondent toujours à une structure identique. Elles font toujours exactement une page et demie, comme si son inspiration faiblissait au même moment. Elles mentionnent toutes la date et le lieu en haut à droite, suivis d'un *Mon très cher Archie*, et sont signées *Ta Madeleine qui pense à toi tous les jours depuis ta naissance*. C'est bête mais ces formules me touchent. Alors, je n'ouvre ses lettres que lorsque je suis seul.

Il me reste vingt minutes avant de prendre le bus pour le collège. Je m'installe à mon bureau, j'allume la lampe et dépose sa lettre devant moi, bien à plat.

Mon très cher Archie,

Avant de passer aux choses sérieuses, je suis ravie de t'annoncer que, ce coup-ci, c'est bon, j'ai enfin réussi à faire pousser un potimarron. Ce qui est une évidence pour les autres était jusqu'ici impossible pour moi. Tu vois, la chance tourne pour tout le monde ! Bon, j'arrête de t'ennuyer avec mes histoires et vais droit au but.

L'autre jour, en rentrant du supermarché avec la ligne vingt-six, j'ai trouvé un flyer sur le siège à côté du mien. Il était visiblement abandonné, alors je me suis permis d'y jeter un coup d'œil. La publicité présentait une école démocratique. Je n'en avais jamais entendu parler. C'est une école où les enfants sont libres. En parcourant ces lignes, je t'avoue que j'ai d'abord eu du mal à y croire. Tu imagines ?

Un lieu où les enfants décident de leur vie, où ils apprennent exactement ce qu'ils ont envie d'apprendre. Mieux, ils peuvent choisir de jouer toute la journée plutôt que de travailler !

Mon Archie, toi qui détestes tant ton école, j'ai tout de suite pensé à toi ! Bien sûr, celle-ci est trop éloignée de chez nous mais peut-être en existe-t-il d'autres ?

J'ai demandé un peu autour de moi mais dès que j'explique le concept, les gens me prennent pour une folle. Ils répètent du bout des lèvres « Une école démocratique, une école démocratique, et quoi encore ? » L'idée même semble les fâcher. Ils rétorquent que, si on laisse tout décider aux enfants, ce sera la catastrophe ! Moi, je ne suis qu'une infirmière, j'ignore totalement si c'est bon ou non pour les enfants mais pour toi, mon cher Archie, je suis certaine que ce serait parfait.

J'ai ouvert mon ordinateur et, dans la barre de recherche, j'ai tapé : « école démocratique ». J'étais surprise par le nombre de résultats. Des dizaines ! Beaucoup d'articles, mais aussi des extraits d'émissions. J'ai cliqué sur une vidéo. La première image montrait une fillette de sept ans près d'un tableau noir. Devant elle, sur une chaise, deux enfants plus jeunes l'écoutaient religieusement. L'image était délaissée au profit d'une autre, celle de la directrice faisant mine de ranger ses papiers (tu sais, ces transitions nécessaires et un peu ridicules entre deux plans). En réponse aux questions de la journaliste, la dame expliquait que la fillette apprenait à ses camarades à lire. Sidérant, non ? Bref, j'ai glissé le flyer dans l'enveloppe. C'est un peu notre preuve que la vie nous réserve des surprises, non ?

Un jour, tu auras dix-huit ans, tu seras libre et tu pourras aller vers des projets comme ceux-là. Moi, je te vois bien « accompagnateur d'enfants vers leur liberté » !

Ta Madeleine qui pense à toi tous les jours depuis ta naissance.

Le flyer présente des photographies d'enfants souriants, grimpant aux arbres, peignant des tableaux, sautant dans des flaques. Au dos, une adresse.

Je tâche de la localiser grâce à mon ordinateur et, sans même y réfléchir, j'appuie sur la touche qui propose l'itinéraire. Plusieurs centaines de kilomètres me séparent de l'école. Non loin de la ligne bleue qui traverse la carte pour indiquer la trajectoire à suivre, l'océan. J'ai passé des vacances sur cette côte et je la connais un peu. Je me souviens entre autres de ce sentier douanier qui serpente tout le long, dominant les falaises, plongeant souvent sur une plage déserte. Pendant quelques secondes, assis derrière mon bureau, je m'imagine là-bas.

4

Il m'est arrivé quelquefois de me réveiller dans une famille. J'ouvre les yeux et je sais tout de suite que je suis en accueil. L'odeur, la lumière, la qualité des draps. Mon corps semble avoir mémorisé avec précision mon environnement à l'institution. Sans le vouloir, il est toujours attentif aux détails, même infimes. Sa façon peut-être de me préserver. Mon corps veut tout identifier, les dangers et le reste. À l'institution, lorsque j'entre dans une pièce, je vois immédiatement si son agencement a été modifié. Un meuble déplacé de quelques centimètres, une nouvelle tache sur le tapis, une disposition différente des livres sur une table. Mon œil enregistre tout, inlassablement, et cela me fatigue.

Je capte aussi les gens, je perçois les micromouvements de leur visage, indications multiples de leur humeur, de la déception que je leur inspire aussi. Un accès direct à la vérité qu'ils tentent de dissimuler. Ils disent *Bienvenue* mais je lis *J'espère que celui-ci sera calme*. Ils disent *Cela me fait plaisir de te voir* mais je lis *Je suis bien lasse aujourd'hui*. Ce discours double me dérange. Il me donne une idée de la façon dont le monde tourne, dont je devrais tourner, moi qui ne vis que d'un bloc.

Lors de ces rares séjours en famille, j'apprends. C'est obligatoire. Toutes les familles sont convaincues qu'elles vivent normalement, qu'elles sont comme les autres mais c'est faux. Dès le moment où vous franchissez le seuil d'une maison, vous pénétrez dans un univers unique, fait de règles dont la plupart sont implicites. Elles sont le produit de leur vie ensemble, d'habitudes qui se sont glissées souvent à leur insu. Ces règles sont devenues des évidences, les leurs. Pour ne pas faire de faux pas, dès les premières minutes, j'observe. Pour une fois, mon œil de lynx est un atout. Je regarde la manière dont ils se déplacent, dont ils se touchent ou non. J'analyse l'ordre qui règne, cet élément raconte beaucoup sur ceux qui m'accueillent. Puis, après, je les imite. Je les imite pour faciliter mon intégration. On dit toujours qu'il faut être soi-même mais la vie n'est pas si simple. Les gens aiment reconnaître dans l'autre une part d'eux-mêmes. Ça les rassure.

Alors, j'apprends les règles de ce foyer temporaire, toutes aussi claires que légitimes. Pour eux. Pour moi, ça l'est moins. Je suis un éternel invité qui tente de s'adapter. Je connais désormais plusieurs façons de mener son quotidien. Dans certaines maisons, il est interdit de toucher au contenu des armoires de la cuisine, dans d'autres, c'est une question de survie. Certains valorisent l'autonomie, d'autres la sanctionnent. Un trait se transforme au gré du contexte, en tare, en élément neutre, plus rarement en talent. La seule constante est qu'il n'y en a pas.

Au début, je cherchais désespérément la cohérence. Pourquoi étais-je apprécié dans un lieu et moins dans un autre ? Comment pouvais-je prendre toutes ces formes alors que j'étais toujours le même ? Comment, surtout, sauver ma peau ?

On est tout ce que l'autre voit en nous. C'est Jean qui m'a dit cela un jour pour me consoler. Juste après, il s'est repris et a ajouté : *Mais, en réalité, personne ne voit vraiment qui on est. Il y a toujours ce flou et ces lunettes qui ne sont pas adaptées, cette vision qui est celle de l'autre mais qui reste tronquée. Tu comprends ?*

Comme il mettait beaucoup d'énergie à m'expliquer quelque chose qui visiblement le dépassait, j'ai répondu oui. Et, au fond, je saisissais un peu son idée : l'autre est souvent incapable de voir qui on est vraiment et il faut faire avec.

Je n'ai pas réussi à me faire adopter. Avec ma mère en perpétuel sursis, je n'ai jamais été « sur le marché ». Je suis resté en marge. J'ai parfois songé qu'il aurait pu en être autrement. La première fois, ce vingt-cinq décembre de mes douze ans. Lorsque j'entre dans la salle des visites, ma mère est déjà là, debout près de la fenêtre. À la façon dont ses mains tremblent, à la façon dont elle tente de les contrôler, je sais qu'elle a rechuté. Je m'approche de la table, j'essaie de ravaler ma déception de la découvrir à nouveau au sol, terrassée par sa part sombre.

Ma mère peut échouer cent fois, je croirai toujours qu'elle va y arriver.

Au lieu de lever les yeux vers moi, elle reste tête baissée. Une femme en faute. Une femme misérable que je crève d'envie de prendre dans mes bras. Que je veux tout autant frapper, lui cracher au visage toutes ces chances qu'elle nous enlève. Tout ce temps perdu. Je serre les poings, la mâchoire, la tension se propage dans mon dos, mes jambes, transformant mon corps en une boule contractée.

La colère me prend au dépourvu. Je veux hurler qu'on attend pour rien, qu'elle ne sera jamais le genre de mère qui peut avoir la garde d'un enfant. Je veux lui crier tout cela mais elle a levé la tête. Et la souffrance dans son regard prend toute la place.

5

— Mais taisez-vous à la fin ! Taisez-vous bande de…

J'ignore comment achever cette phrase. Je ne sais pas d'où elle vient. De moi, forcément, mais d'un moi qui ne me ressemble pas. D'un moi petit, impuissant, vaincu. Mes vingt-cinq camarades de classe me font face. Ils se sont tus. Ils attendent la fin de ma déclaration.

— … bande de…

— Archie, tout va bien ?

La voix de Camille, l'assistante sociale qui suit mon dossier, me sort de ma rêverie.

— Oui, oui, tout va bien…

— Donc, je disais, ton professeur a suggéré une rencontre suite à l'épisode de ce début de semaine quand tu as… tu as…

— … Insulté mes camarades de classe, dis-je pour l'aider.

— Archie, honnêtement, c'est tellement pas toi. Qu'est-ce qui t'a pris, enfin ? Je te suis depuis… des années…

— Cinq ans.

— C'est ça. En cinq ans… Je t'avoue que je ne vois même pas vraiment quoi te dire… Ce n'est pas ton genre…

— Ce n'était pas un bon jour.

— Visiblement pas, fait-elle en laissant échapper un petit rire.

— Et puis, parfois, c'est quand même un peu une bande de cons…

— Archie ! Toutes les vérités ne sont pas bonnes à dire !

Camille ouvre mon épais dossier sur son bureau.

— Je vais en profiter pour faire le point avec toi, d'accord ?

— Sinon, la prof va penser que tu passes l'éponge trop facilement ?

— C'est un peu ça aussi, petit malin. Bon, revenons aux choses sérieuses. Comment vas-tu pour l'instant ? demande-t-elle en plongeant son regard dans le mien, à la façon d'un psychologue.

— Oh, comme d'habitude… dis-je sans grande conviction.

— C'est-à-dire ?

— Tu sais, comme d'habitude, j'attends quoi…

— Tu attends ?

— Ben le jour où ça ira mieux !

— D'accord… Tu as une petite idée de la date ?

Camille tente souvent un trait d'humour quand l'atmosphère se fait lourde. Ils ont chacun leur technique. Avec Jean, ce sont les belles phrases pleines d'espoir.

— Pardon, ce n'est pas drôle… Qu'est-ce que je pourrais faire pour t'aider ?

— J'aimerais une famille…

— Je suis tellement désolée… Je…

Le téléphone sonne. Camille ne peut s'empêcher de jeter un coup d'œil à l'écran pour voir qui l'appelle. Je vois bien qu'elle cherche une issue. Je ne comprends même pas pourquoi j'ai amené le sujet. On sait bien tous les deux qu'on ne peut rien y faire. Ce n'est pas entre nos mains.

— Prends-le, dis-je en désignant le téléphone du menton.

— Pardon, répond-elle en prenant le combiné.

Camille se lève pour parler à son interlocuteur. Elle me tourne le dos et baisse la voix. Lorsqu'elle fait cela ou qu'elle s'éclipse pour aller chercher un document à l'imprimante, j'en profite toujours pour tenter d'apercevoir le contenu de mon dossier. Comme si ce que l'on pensait réellement de mon cas ne pouvait être inscrit que sur ces pages jaunies. Au vol, j'attrape quelques mots, une phrase, selon mon aptitude du jour à lire à l'envers. Souvent, j'ai envie d'emporter mon dossier sous le bras. Je pourrais m'y plonger et enfin comprendre. Pourquoi je suis ici, qui sont vraiment ma mère et mon père, bref, tout ce qui cloche chez moi. Je voudrais qu'on me dise clairement les choses, qu'on m'explique comment se faire aimer. Mais ils me servent tous des banalités. *Archie, tu es aimable comme tu es!* Sauf que non, c'est faux. Sinon, je ne serais pas ici. Si j'étais aimable, vraiment aimable, je serais avec une mère, un père, voire les deux.

Ce matin, en haut de la page, je lis *rechute en novembre*. Je suppose qu'il s'agit de ma mère. Je lis aussi *problèmes d'intégration*. J'ignore si c'est pour elle ou pour moi. J'imagine que sur ce point, nous sommes à égalité.

— Ta mère est là, lance Camille en reposant le combiné.

— Mais on n'est pas mercredi ?

Camille hausse les épaules.

— Elle ne vient que les mercredis ? demande-t-elle en refermant mon dossier d'un geste sec.

J'acquiesce.

— Je ne sais pas quoi te dire Archie.

Elle se lève et tend une main vers moi.

— Pour le reste, bon travail en tout cas !

Je n'ai rien fait.

— On se revoit bientôt alors ?

Comme si j'avais le choix.

6

Je connais la signification des visites qui n'ont pas lieu le mercredi. Elles ne sont pas nombreuses, quelques-unes au cours de mes années de vie sans elle. Lorsque j'entre dans la salle, ma mère est postée à la fenêtre. Si ma mère est près de moi et que nous ne sommes pas mercredi, c'est que tout va mal. Tout va mal parce qu'elle va mal et que mon monde dépend toujours du sien, même à distance.

Elle entend la porte se refermer mais reste tournée vers la fenêtre. Son dos me raconte un peu les derniers jours. Il se creuse, il se tend, il rêve de repos. Je pourrais lancer un bonjour plus ou moins joyeux, l'air de rien, comme si nos retrouvailles avaient le goût de nos rencontres habituelles. Mais je veux mieux pour elle et moi. Avec ce chemin qui se dessine, avec la liberté qui va avec, je refuse de bâcler ces derniers moments. Même si face à elle, mon chemin prend la forme d'une douleur dans le ventre. L'idée de quitter ma mère, sans doute. De la faire souffrir, de la laisser seule avec ses échecs, de ne plus être son espoir.

Pour une fois, je voudrais m'approcher, la toucher.

Alors je le fais. Mes gestes sont maladroits. Ma mère est gauche aussi. Lorsque ma main effleure son épaule, elle sursaute comme si je la brûlais. Je m'approche encore et colle son corps frêle au mien. Au contact, il est encore plus maigre, fait de pointes qui se logent un peu partout dans ma chair. Ses pointes me sont douces. Ses bras sont minces mais chauds. Des piques douces et de la chaleur. Ma mère.

Elle a posé sa tête sur mon épaule car déjà je la dépasse. Je resserre encore mes bras autour d'elle. Elle soupire, tente de repousser tout ce qui s'empare de nous. Elle soupire, je soupire, mais ça ne sert à rien. Tout vient en un coup. Étrangement, alors que nous pleurons tous les deux, je me dis qu'*elle* dans mes bras est la première étape vers mon départ. Je ne peux partir que si j'ai au moins été une fois vraiment ici.

Je respire l'odeur de ma mère que je n'ai toujours perçue que de loin. Un mélange de produits bon marché, lessive, shampoing, savon… Une vie à compter. J'ignore quand je suis supposé la lâcher. Si je ne bouge pas, peut-être que je ne voudrai plus du tout partir, peut-être même que j'aurai du mal à la quitter, à retourner dans ma chambre ici, là où je n'entendrai jamais ces *à table*, *range ta chambre*, *dépêche-toi* qui font le quotidien des autres de mon âge.

Je ferme les yeux pour tenter d'apercevoir mon chemin.

— J'ai un poème pour toi.

Il est en réserve dans la poche arrière de mon jean. Je suis toujours prêt pour une rencontre avec ma mère.

J'ai manqué de temps pour le travailler. Il est un peu niais. Dernièrement, je suis distrait par mon projet. Le chemin que je veux prendre se superpose à tout ; mes leçons, mon assiette au petit déjeuner, le plafond de ma chambre, les poèmes pour ma mère. Il tapisse mon existence d'une couche savoureuse. Il donne au réel cette couleur différente, lui enlève son gris.

— Merci, répond-elle en restant collée à moi.

— Je peux te le lire si tu veux, dis-je parce que j'ignore comment poursuivre nos vies depuis cette intimité qui nous retient.

— D'accord.

Comme aucun de nous ne bouge, je plonge la main dans ma poche pour en sortir une feuille. Je la déplie et la place face à mes yeux. Depuis ses bras, je lis le texte qui tremble un peu. Même si pour ce poème-là, je ne me suis pas foulé, je l'aime plus que les autres.

Parce qu'il parle de ma vie. Celle qui va bientôt commencer.

Dans la nuit de nos vies
Il y a toujours les étoiles
Il y a toujours les arbres
Il y a ce chemin qui serpente

Dans la plus sombre de nos heures
Il y a cette minute qui scintille
Elle raconte autre chose
Et parfois, on parvient à écouter

Elle parle de paysages loin d'ici
Elle ressasse leurs promesses
Ils se dessinent malgré nous
Nous sauvent de notre présent

Archie

Et si la minute se fait longue
Elle peut éclipser le reste
Parce qu'elle contient l'espoir
De devenir une heure qui scintille

7

Après la visite de ma mère, après l'avoir sentie contre moi, mon corps se ferme. J'ai posé un pied sur mon chemin, je vais tout quitter. Je veux me réjouir mais, en moi, tout s'est éteint. Je manque d'énergie. Mon enthousiasme pour mon projet s'est envolé au contact des bras minces de ma mère. Pour la première fois, je veux rester quelque part ou, plutôt, près de quelqu'un.

— Je peux entrer ?

— Fais comme chez toi Jean, dis-je sans sourire.

— Tu révises ? tente-t-il en désignant mon livre ouvert sur le bureau.

Je ne réponds rien. Je voudrais dire *oui* mais je n'aime pas mentir à Jean. Il prend un tabouret et s'assied à mes côtés.

— C'est intéressant ? essaie-t-il encore.

— Jean, je dois faire quoi comme formalité pour retourner chez ma mère ?

— Retourner chez ta mère ? demande-t-il, soudain soucieux.

— Oui, aller vivre chez elle. Là où elle vit.

— Mais… Tu n’as jamais fait ce genre de demande avant ?

— Et ?

— Je… je suis un peu surpris, c’est tout… fait-il en posant ses coudes sur ses genoux, sa position d’écoute préférée.

— C’est ta façon de me dire que ce n’est pas possible ?

— Tu sais, ta mère a un parcours compliqué…

— Elle est toxicomane. Oui, je suis au courant. Alors, quelle est la démarche ? Je dois aller voir Camille pour cela ?

Jean se lève et referme la porte de la chambre.

— Je crois qu’on doit parler un peu toi et moi… dit-il en s’asseyant à nouveau près de moi.

— Ça veut dire que c’est foutu ? Pourquoi est-ce que je ne pourrais pas vivre avec elle ?

— Ta maman n’est pas en bon état, mon grand. Elle a du mal à vivre.

— Mais je pourrais l’aider justement… Peut-être qu’elle rechute chaque fois parce qu’elle a une vie de merde. Peut-être que si son fils était avec elle, ça changerait ? T’imagines comment elle doit se sentir seule dans son appartement pourri ? Tu imagines sa vie ?

Sans le vouloir, j’ai commencé à chouiner. Je dois me reprendre. Ce n’est pas en pleurant que je vais convaincre.

— Il doit bien y avoir un putain de truc que je peux décider, non ? C’est moi qui subirais ses rechutes, personne d’autre. Je suis le seul concerné alors pourquoi je ne serais pas justement celui qui choisit ?

Mes mains tremblent. De la morve perle à mon nez. Je ne veux pas me lever pour prendre un mouchoir. Je ne veux pas laisser à Jean le temps de réfléchir. Je veux le pousser dans ses retranchements. Après tout, j'ai raison. C'est à moi de décider de ma vie.

— Je suis vraiment navré, Archie.

— Ça veut dire quoi ? Pourquoi est-ce que je ne pourrais pas faire cette demande ? dis-je, de plus en plus furieux.

— Ta mère est incapable de s'occuper de toi. C'est terrible, je sais. Tu l'aimes et ta mère t'aime mais c'est impossible.

— Mais on pourrait aller discuter devant le juge, non ? Lui proposer des solutions ? Ma mère pourrait promettre de mieux se faire suivre… On ne peut pas juste abandonner… C'est ma mère, Jean !

Il tente de poser sa main sur mon épaule mais je m'écarte. Les larmes, la morve continuent de couler. Je ne peux pas faire autrement.

— Réponds-moi Jean ! Pourquoi est-ce qu'on ne fait pas une nouvelle demande ?

— Parce que ta mère ne veut pas mon grand.

Après l'école, je ne prends pas le bus comme les autres jours. Je m'arrête à un distributeur et consulte le montant sur mon compte. Je n'ai jamais touché à l'argent qui m'a été versé. Je dispose de six cent quarante et un euros, les économies d'une vie. Je vide mon compte et entre dans une boutique de téléphonie mobile. Jusqu'ici, je n'avais jamais demandé de téléphone comme les autres de mon âge. Je prends une carte prépayée. La promotion du moment, un truc pas cher pour donner envie de passer le cap.

Je glisse les billets et le téléphone dans la poche intérieure de mon sac. Je dois encore acheter quelques trucs, une tente et des chaussures de marche. Je le ferai demain, après avoir quitté l'institution.

8

Comme chaque matin pour me rendre au collège, je passe la porte de l'institution. Sauf que, pour une fois, mon sac est plus gros. Personne ne le remarque. Jean ne travaille pas ce jour-là.

J'ai dix heures pour m'organiser, acheter le reste du matériel, un peu de nourriture et disparaître de ma ville. Dix heures avant que mon absence ne devienne suspecte.

J'imite l'écriture de Jean et dépose un mot d'excuse au collège. La secrétaire ne lève pas les yeux, demande encore moins comment je peux être à la fois l'absent et celui qui porte le message. De toute façon, dans ces grands collèges impersonnels, plus personne ne se connaît. Mon visage ne lui dit rien. Le sien non plus.

Le temps est à la lumière, de celles qui font espérer. Alors, docile, j'espère. J'entre dans un magasin et tends ma liste au vendeur en articulant :

— Petit budget, s'il vous plaît.

Il fronce les sourcils, me détaille de haut en bas puis tourne le dos pour s'engager dans l'une des allées.

Comme il ne me propose pas de le suivre, je reste sur place. Quelques minutes plus tard, il revient avec le matériel dans un chariot.

— Vous n'avez pas moins cher? dis-je sans même regarder le prix.

Il secoue la tête énergiquement. Alors je paie et je pars.

Dans une ruelle proche du magasin, je déballe les articles et range chaque chose à la place qui lui revient.

J'ai effectué des recherches à la bibliothèque pour préparer mon départ. Je ne voulais pas me rater. On ne parcourt pas des centaines de kilomètres sans préparation. Le conseil qui revenait le plus souvent concernait le poids du sac, le moins lourd possible. Logique. J'ai dû faire des choix. Celui du livre qui m'accompagnerait. *Lettres à un jeune poète* de Rainer Maria Rilke. Aussi efficace que léger. J'ai sélectionné quelques vêtements, le strict nécessaire, et laissé derrière moi le rasoir qui ne m'a encore jamais servi, les échantillons de crème, les bibelots que l'on accumule dans une existence.

J'ai quitté l'institution avec les baskets offertes par Jean. Ma façon d'emporter un peu de ce qui me plaisait ici. Même s'il fallait se contenter de l'indispensable, un guide mentionnait qu'on avait toujours droit à une exception.

Après avoir acheté des bottines, je glisse les baskets semelle contre semelle dans mon sac. Jean serait mon exception.

J'ai aussi lu que je devais adapter mon rythme en fonction de la longueur du périple. Il ne faut pas me brûler, il faut contenir mon enthousiasme, freiner la cadence, tout calculer comme un athlète de haut niveau. Stratégie. Endurance. Le défi m'excite.

Pour rejoindre le début de mon chemin, je dois traverser ma ville jusqu'à un arrêt de bus dans la banlieue. Les rues qui me sont toujours apparues grises revêtent maintenant d'autres couleurs. Les souvenirs qui collaient à l'asphalte, aux façades des maisons, s'effacent déjà. Sur ma rétine, une image. Celle des falaises, de la mer, d'un paysage aussi vaste que ma nouvelle liberté. Le béton en devient presque bleu. Le vrombissement des moteurs a des accents de ressac. Lorsque je sors la langue, l'humidité qui s'y dépose est salée. Ou peut-être que ce sont mes larmes ? Être pour une fois celui qui quitte les autres. La quitter *elle*. C'est donc possible.

Avant de partir, je veux dire au revoir à Madeleine. La voir une dernière fois avant ma grande aventure.

J'ai beaucoup hésité à la mettre dans la confidence. Après tout, c'est elle qui m'a soufflé cette quête d'une école différente où je pourrais être heureux. Mais, je ne veux pas la forcer à mentir, à choisir entre la raison et les rêves d'ailleurs qu'elle a pour moi. Alors je dissimule mon sac à dos dans un buisson touffu à l'angle de sa rue. En l'enfonçant loin dans les feuillages, je griffe mes avant-bras et quelques gouttes de sang se forment à la surface de ma peau. Je les élimine d'un coup de langue mais elles réapparaissent aussitôt. La vision de ma trousse de secours au fond de mon sac, au fond du buisson me fait sourire.

Même si je ne suis pas certain de trouver Madeleine chez elle, je tente ma chance. Je ne réfléchis pas à une excuse qui expliquerait ma présence ici en pleine journée.

Madeleine ne posera pas ce genre de questions. Elle me fait confiance. Elle sait que je suis à ma place, toujours.

J'appuie sur la sonnette et écoute la mélodie à travers la porte. Je tends l'oreille, j'espère entendre un pas dans l'escalier, une porte qui grince, une voix, la sienne. Mais, dans la maison, le silence. Je sonne de nouveau.

— Il y a quelqu'un ? lance Madeleine depuis son jardin.

À pas rapides, elle longe sa maison, ouvre la grille qui la mène au jardinet devant l'entrée.

— Archie ! Quelle merveilleuse surprise ! fait-elle en ouvrant grands les bras.

Elle enjambe la petite haie qui nous sépare encore et m'attire à elle. Elle répète mon prénom et me serre contre elle.

— Je suis si ravie de te voir, Archie ! Entre !

— Je ne vais pas rester longtemps…

— D'accord, d'accord.

Elle remarque les égratignures sur mes avant-bras.

— Tu les as désinfectées ?

— Pas encore eu le temps…

Elle prend ma main comme si j'avais encore cinq ans et m'emmène dans la cuisine.

— Assieds-toi, j'ai ce qu'il faut… Tu tombes bien Archie, je voulais justement te donner quelque chose, commence-t-elle en se hissant sur la pointe des pieds pour ouvrir l'armoire du dessus et attraper sa trousse à pharmacie.

— Un autre prospectus sur une école fantastique ?

— Archie, l'éducation et le bonheur rassemblés, c'est la meilleure invention du monde, non ? Attends, ne bouge pas, ajoute-t-elle en désinfectant les griffures à l'aide d'un coton imbibé.

Elle se lève et ouvre le tiroir à sa gauche. Elle en sort un carnet à la couverture vieillie.

— Tu vas me dire que c'est un peu tardif… mais j'ai ce carnet… Je crois que je t'en avais déjà parlé…

Je ne m'en souviens pas mais je ne contredis jamais Madeleine.

— Enfin, je ne sais pas si cela t'intéressera… reprend-elle.

Elle me le tend. Je l'ouvre à la première page et reconnais son écriture. Je fais glisser mon pouce sur la tranche et les pages recouvertes de lignes bleues défilent dans un bruissement léger.

— Ce carnet raconte tes premières semaines de vie à l'hôpital. Et quelques autres moments… Tu n'es pas obligé de le lire… C'est plus au cas où… si un jour tu as des questions.

J'acquiesce. J'étudie le carnet et, tel un randonneur avisé, le soupèse. Je n'ai pas de questions mais elles viennent parfois avec le temps, la liberté, l'air iodé, le vide tout autour de soi.

— Comment tu vas, Archie ?

— Bien. Je vais bien.

Pour une fois que je peux l'affirmer sincèrement.

Madeleine pose sa main sur la mienne. Elle aimerait dire quelque chose, retenir ce moment et ma présence dans sa cuisine.

— Je sais que je me répète mais je suis heureuse de te connaître, mon Archie. Le jour de ta naissance était un jour de chance pour moi.

Madeleine me regarde, les yeux brillants. Sur son visage se dessine mon chemin, tout le meilleur de mon existence en un instant fusionné. Je voudrais lui dire que, dans quelques heures, il n'y aura plus que le bleu autour et loin devant moi. J'aimerais pouvoir la serrer dans mes bras longtemps, comme quelqu'un qui part. Lui raconter la puissance de mon rêve, combien il efface ma peine et me rend léger.

Mais je me lève. Ma nouvelle vie m'attend.

Dans une banlieue que je ne connais pas, j'embarque dans un bus qui m'emmène plus loin.

À douze heures précises, je suis sur ma route.

9

> Si votre quotidien vous paraît pauvre, ne l'accusez pas. Accusez-vous vous-même de ne pas être assez poète pour appeler à vous ses richesses.
>
> Rainer Maria Rilke, *Lettres à un jeune poète*

J'ai les pieds bien à plat sur mon chemin, ce sentier des douaniers. Je touche le sol et pourtant, de ce point de départ, j'ai l'impression de voler. Je ne commence pas immédiatement à marcher. Je reste debout face à l'immensité. Si je regarde droit devant, l'océan s'étend à perte de vue, vaste onde bleue dont la lumière fait jaillir d'autres nuances. Près de la côte, il est d'un bleu turquoise surprenant, plus loin son bleu devient sobre, parfois même gris, sombre, mystérieux.

Depuis la falaise où je suis perché, sorte de toit du monde pour le novice que je suis, j'aperçois mon sentier qui sillonne. Il s'approche dangereusement du bord, s'en éloigne pour traverser une forêt et réapparaît ensuite sur une pointe pour s'effacer enfin derrière un autre versant.

Le paysage me donne une idée précise de l'effort qui m'attend aujourd'hui.

Une brise enveloppe mes mollets, soulève mes cheveux. Le soleil à la verticale réchauffe ce que le vent fait frissonner, une rencontre de deux sensations, fusion sur ma peau, premier délice d'une vie au grand air, incantation de cette nature qui domine.

Tout cet espace me donne envie de hurler. Je veux écouter l'écho de ma voix rebondir sur la roche, glisser sur l'eau, exister au-delà des murs de l'institution. Je tourne sur moi-même. Il n'y a personne. Alors les yeux dans ce bleu nouveau, je bombe le torse et, dans nos forces qui s'opposent un instant, je crie. J'ai serré les poings, plié les genoux comme si tout mon corps voulait pousser ce rugissement plus loin. Je respire profondément et hurle à nouveau. Cette fois, la rage se dissipe. Il n'y a plus que le cri de l'homme qui s'encourage dans sa quête. Avec cette souffrance qui sort, ce ras-le-bol qui vogue maintenant sur les flots, il y a de la place pour accueillir autre chose. Mon destin, ma route, un millier de kilomètres.

Marcher sur ce sentier, même avec un but précis, me paraît d'abord étrange. Sans doute parce qu'il y a l'infini devant, l'infini derrière et qu'à tout moment, je peux décider de m'arrêter. Je peux aussi choisir d'accélérer le pas, de faire demi-tour, de sauter sur place, de marcher sur mes mains. Je peux avancer à mon rythme, mon école m'attendra. Bizarrement, au lieu de me procurer de la joie, cette nouvelle sensation me donne le vertige. Mon quotidien a toujours été minuté. La vie en groupe exige toutes sortes de contraintes dont celle de fonctionner en cadence, les besoins de chacun cadrés dans un horaire peu flexible : un temps pour le lever, pour se laver, pour manger tous ensemble dans le réfectoire, un temps pour réviser les leçons, un autre juste après pour se détendre et puis, celui pour tous, du coucher. Je n'ai encore jamais décidé d'un seul de ces instants et, soudain, ils m'appartiennent tous.

Je suis victime du syndrome du prisonnier qui accède enfin à la liberté. Je ne sais pas quoi en faire. Dans les premières heures de mon expédition, les murs de ma chambre à l'institution me manquent.

Ce trouble se mêle à un autre sentiment. Un truc qui me rappelle une de mes dernières discussions avec Jean.

— C'est quoi le bonheur ?

— Tu es en forme aujourd'hui, Archie ! Il est sept heures trente, dépêche-toi de terminer ton petit déjeuner, tu vas être en retard au collège !

— Non, sérieusement, Jean, c'est quoi le bonheur ? T'es heureux, toi, par exemple ?

— Bien sûr que je suis heureux ! Enfin, surtout quand j'ai la joie d'avoir une conversation métaphysique avec toi de grand matin, ironise-t-il.

— C'est une question importante. On choisit pas le moment. Tu veux que je la garde pour plus tard, qu'on fixe un rendez-vous dans ton agenda quand ça t'arrangera mieux ?

— …

— C'est pas parce que je suis ici que je ne peux pas avoir une discussion intéressante au petit déjeuner… Les jeunes dans les familles normales, ils y ont droit, non ?

C'est l'argument massue, celui qui gagne toujours avec Jean. Parce qu'il ne supporte pas l'injustice. Parce que, surtout, il veut nous offrir une vie ordinaire. Un projet légèrement perché dont il ne démord pas. Sans doute une des raisons pour lesquelles Jean n'a pas de famille à lui.

— Bien sûr, bien sûr, dit Jean en s'asseyant à mes côtés. C'est une très bonne question. Bon, alors, le bonheur…

Jean se gratte le menton comme il le fait quand ses jolies phrases ne viennent pas tout de suite.

— Le bonheur… T'en penses quoi, toi ? C'est quoi pour toi le bonheur, Archie ?

— Un truc que je ne connais pas encore…

Jean laisse échapper un petit rire. Il a toujours été sensible à mon humour sombre.

— Pardon, je ne devrais pas… rire… C'est juste que je suis un peu nerveux sur ce sujet, vois-tu… Je ne veux pas te raconter de bêtise…

— C'est pas grave si tu connais pas la réponse, tu sais… C'est pas très inspirant d'être entouré d'adultes qui savent pas comment faire, toi, ma mère, mais avec un peu de chance, je trouverai peut-être.

Je ne devrais pas le charrier comme ça.

— Pardon Jean, je suis infect ce matin. Allez viens-là, fais-moi un gros câlin ! C'est tes grands bras le bonheur, c'est ça !

— Non, non, je veux répondre à ta question, dit Jean en riant. Alors, le bonheur…

J'attends la jolie phrase.

— Le bonheur, c'est quand on se sent à sa place, qu'on a choisi une vie qui est juste pour soi, une vie qui a du sens pour soi.

Je me marre.

— Quoi, tu trouves ça bateau ?

— Oui, dis-je en riant encore.

— Et donc, pour terminer de répondre à ta question : oui, je suis heureux. J'ai une belle vie auprès de jeunes emmerdeurs comme toi. Je sais jamais à quoi m'attendre, ça me va bien, dit Jean en ébouriffant mes cheveux.

— Parce que tu es un grand aventurier.

— Exactement.

Cet autre truc qui se mélange maintenant au vertige causé par ma nouvelle liberté, cela ressemble au bonheur. Une vie qui a du sens pour moi. Ce projet. Cette école. Oser aller vers un avenir. Le mien, en plus.

10

Sur les premiers kilomètres de ma route, mon corps se tend telle une flèche. Fort, confiant. Le poids de mon sac le pousse à se dresser. Il use d'un équilibre nouveau, consolide ses appuis au sol. L'énergie soufflée par cette vie inédite me distrait des tensions qui se logent progressivement en différents endroits. Le goût de l'aventure me sauve de ma condition humaine. Je ne sens pas mes épaules ployer sous la charge, ma musculature gonfler sous ma peau. Je ne sens pas non plus la douleur qui accompagne ces changements.

Sournoise, elle surgit une fois que je suis immobile. Le soir, assis sur mon rocher face à la mer, c'est tout mon corps qui s'enflamme. La brûlure se propage dans la nuit, quand je suis allongé dans ma tente. Les courbatures perturbent mon sommeil. Au réveil, les premiers mouvements sont difficiles. Je suis rouillé. Je persévère, enchaîne les pas en essayant de ne pas trop y attacher d'importance. Le temps de la délivrance est variable. Parfois, je ne la remarque même plus, absorbé par la danse du soleil dans le ciel, la course des oiseaux, l'eau qui gronde de son reflux nerveux et enchanteur.

Les jours s'écoulent et façonnent mon corps. La douleur invisible ne me surprend plus le soir venu. Avec les heures, les pas incertains mais déterminés, je deviens mon chemin.

Pour tenir la distance, je me suis imposé une routine. Je fais les choses à heures fixes : manger, dormir et surtout marcher.

Le matin, je me lève à sept heures, l'heure du lever à l'institution. Alors que je pourrais faire exactement ce que je veux, mon ancienne vie ne me lâche pas. Mon corps a mémorisé ces détails, ces règles, ce quotidien identique durant des années. Dans une famille, le déroulement des journées change constamment. Il dépend de la discipline des parents, de l'âge des enfants, de la mémoire qui flanche et des habitudes qui glissent alors dans l'oubli. L'heure du lever sera à sept heures quinze puis à sept heures trente pour enfin revenir à sept heures.

À l'institution, le programme comme l'heure du lever est fixe, décidé artificiellement par des instances supérieures qui ne se lèvent sans doute pas à cette heure-là, puis appliqué comme tout autre obligation professionnelle par les employés.

Pendant longtemps, c'est la spontanéité des foyers qui m'a fait envie plus que leur intimité. L'idée qu'un jour ne ressemblerait pas forcément à un autre représentait la liberté depuis ma chambre à l'institution. J'étais jaloux de ces autres enfants. Je les imaginais tenter d'influencer ce quotidien improvisé là où je n'avais aucun pouvoir. C'est vrai, s'ils refusaient de se plier à la volonté des parents, l'heure du lever ou tout autre détail changeait sans doute, ne fût-ce qu'un peu.

Parfois, je les détestais même. Ces enfants qui étaient parvenus à naître où il faut. Ces enfants qu'on avait bien voulu garder. Je passais des heures devant le miroir à m'interroger. Qu'avaient-ils de plus que moi ?

Enfant, j'ai longtemps pensé que la réponse tournait autour de mon nez. J'avais dû écouter une discussion entre adultes, saisir quelques mots et tirer cette conclusion singulière. Personne ne voulait de moi à cause de mon nez. J'inspectais mon visage pour tenter de comprendre. Il ne semblait pourtant ni grand ni petit. J'observais avec attention le nez des autres, sorte de Graal, accès magique à l'amour filial. Mais nos nez n'étaient pas fondamentalement différents.

Puis, avec l'âge, j'ai compris que ce n'était pas une histoire de nez. J'ai alors penché pour la joie, la différence la plus flagrante entre les autres et moi. Les autres riaient. Beaucoup. Moi, j'étais ce que les adultes appellent un enfant sérieux. Mystérieux, pour ne pas dire sombre. Autant de façons de ne pas reconnaître que j'étais un enfant triste.

Pour me faire accepter, je devais donc devenir joyeux. Je les épiais pour comprendre comment faire. Leur joie paraissait évidente. Elle coulait dans leurs veines, un attribut comme d'autres, inoculé à la naissance. La recevait-on avec le reste ? Pouvait-on l'hériter d'une femme qui en est dépourvue ?

Je cherchais en moi. Il n'y avait rien de toute cette lumière que je voyais chez les autres. Alors je faisais de mon mieux pour les imiter. Étirer la commissure des lèvres, émettre un rire, la juste tonalité au bon moment. Je m'appliquais mais tout semblait décalé. Ma fausse joie, ma petite personne, on tapait toujours à côté.

Le nez, la joie et toutes les autres raisons de ne pas m'aimer ponctuent mon chemin ces premiers jours de marche. Je croyais que l'effort serait physique. Je me trompais. Ce temps en solitaire avec la route pour unique tableau me laisse sans distraction. Seul face à mes démons. À la façon dont défilent les images d'un film, mon histoire se superpose à la mer lisse, au sentier brûlant.

Je sais que ma vie n'est pas belle. Après tout, on ne part pas pour rien. La fuite exige une énergie que seuls la colère, la peur ou le désespoir peuvent nourrir. Je me sentais mourir. J'étais en train de mourir. Et dans un dernier souffle, je suis parti.

Au début, je tente de refouler les souvenirs mais ils reviennent avec force, s'alignant en une chronologie troublante. Si je refuse de regarder le début du film, il m'est joué encore et encore. Comme s'il fallait revisiter chaque étape, au rythme de mes pas, dans un calme nouveau, celui d'une route peu fréquentée.

Je dois ouvrir le carnet de Madeleine. Parce que je n'ai pas d'autre issue.

11

Mon histoire débute un dix-sept avril. Aux petites heures, ma mère arrive aux urgences le ventre gonflé d'une nouvelle réalité. Pour être précis, elle ne se présente pas vraiment. On la débarque. De vieilles connaissances la laissent inconsciente sur un banc à l'accueil. J'imagine ma mère dans une de ses robes fleuries comme celle qu'elle porte sur l'unique photographie de nous à l'hôpital. Elle est affalée sur le côté, les jambes écartées, la bouche ouverte, un filet de bave perlant à sa lèvre inférieure, les premiers boutons de son corsage ouverts. Pour une raison que j'ignore, je ne peux me départir de cette vision. Ma mère. Mon refuge. Mon départ dans la vie.

À un moment, elle tombe de son siège et attire l'attention du personnel dépassé par l'afflux de patients. Ce jour-là, le service est saturé. Habituellement, le personnel fonctionne en équipe réduite à cette heure matinale. En attendant du renfort, les infirmiers et les quelques médecins sur place tentent de faire face aux blessés qui leur parviennent en nombre. Une collision sur l'autoroute. Les ambulances défilent devant les portes coulissantes des urgences. Au milieu du chaos, de la répartition des cas selon la priorité, ma mère a été oubliée. L'histoire de sa vie, je crois. On ne peut pas en arriver là sans avoir été malmené au moins un peu.

Dans le récit repris dans le dossier de l'institution, ce moment n'est décrit qu'en une dizaine de phrases courtes. Des mots froids pour décrire ce jour important. Depuis des années, j'essaie de lui offrir la chair qu'il mérite. Des détails que je suis le seul à connaître, une lumière particulière à l'instant précis où mon destin et celui de ma mère s'apprêtent à se croiser. Ces quelques heures qui ne sont que poussières au regard du reste mais que je ressasse pour comprendre.

Dans mes souvenirs aménagés, une infirmière se précipite pour aider ma mère à se relever. Elle hèle un collègue pour demander un lit, un brancard, quelque chose pour cette femme qui ne tient pas assise. Elle passe le bras lourd de ma mère sur ses épaules fatiguées et entreprend de la coucher. Cela peut paraître étrange mais, dans ces premières minutes, l'infirmière ne voit pas la grossesse, pourtant presque à terme. Elle ne voit que la femme éprouvée. Pour dire les choses poliment. Ce n'est qu'en l'allongeant sur le brancard qu'elle découvre le ventre de sa nouvelle patiente. J'imagine le regard de l'infirmière aller du ventre de ma mère à son visage inanimé, à ce corps abandonné puis revenir au ventre. J'imagine son horreur face à deux états incompatibles : la maternité et ce qui ressemble à un coma éthylique.

Dans un réflexe, l'infirmière pose une main sur le gros ventre dans l'espoir de percevoir un coup de pied ou tout autre signe de vie. Ce détail, je le connais grâce à

Madeleine. Parce que ce dix-sept avril-là, c'est elle qui installe ma mère sur le brancard.

Lorsqu'elle me raconte l'histoire, Madeleine me répète toujours : *Tu aurais dû voir son état. Tu as une santé de fer mon petit, un vrai miracle de la nature.* Moi, je ne réponds rien, je sais bien ce que j'ai perdu dans la bataille. Je ne suis même pas sûr que survivre était une bonne idée.

Madeleine monte sa patiente à la maternité. Elle ne prend pas le temps de prévenir le service. Il faut aller vite. Ma mère ne réagit que très peu. Elle bouge un bras, une main, murmure quelque chose puis plonge à nouveau. La porte de l'ascenseur s'ouvre sur un couloir désert. Sans réfléchir, Madeleine appuie sur le bouton rouge destiné aux urgences vitales. Trois sages-femmes accourent.

— Je l'ai trouvée sur un banc des urgences.

— Mais Madeleine, elle est inconsciente…

Les sages-femmes forment un cercle autour du brancard.

— Je crois qu'elle est à terme, qu'elle va accoucher ou qu'il faut l'accoucher… explique Madeleine, la main sur l'épaule de ma mère.

À un rythme régulier, le gros ventre durcit. Ma mère gémit, remue légèrement puis se retranche dans l'obscurité.

— Comment veux-tu qu'elle accouche dans cet état-là ? demande Diane, une collègue.

— Faudrait d'abord l'ausculter, dit Madeleine. Dans quelle salle peut-on la mettre ?

— La trois est libre.

La mine sérieuse, elles s'organisent. Elles apportent un lit, s'emparent des extrémités du drap sur lequel ma mère est allongée et la transfèrent sur le matelas. Madeleine saisit une aiguille et quelques tubes. Elle noue un garrot autour du bras de sa patiente et serre d'un geste sec.

— Il faut qu'on se dépêche.

Tout en parlant, Madeleine palpe une veine et, comme elle l'a fait des milliers de fois avant, y plante l'aiguille, cale un tube, puis un autre. Le liquide rouge se déverse généreusement dans les cylindres en verre.

— Je crois qu'on doit lui faire une écho tout de suite, déclare Madeleine en desserrant le garrot.

— J'ai bipé les gynécologues disponibles, signale Diane. Vu la situation, on devrait attendre un médecin, non ? Le bébé est peut-être… enfin, je veux dire… Regardez ses yeux, son corps, elle ne paraît pas à son coup d'essai, la maman.

— On n'a pas le temps, dit Madeleine en s'emparant de la sonde.

Elle applique une noix de gel sur le ventre de ma mère et pose la sonde en dessous du nombril. Les sages-femmes se taisent et s'approchent de l'écran. Madeleine augmente le volume. Un son sourd résonne dans la petite salle. À l'écran, une forme se dessine.

— J'entends à peine le cœur… murmure Madeleine, absorbée par l'image. Le bébé est très bas, elle va accoucher.

Madeleine lâche la sonde.

— C'est une bradycardie. On doit se dépêcher…

— Je buzze, lance Diane.

Une sage-femme déboutonne la robe de ma mère qui se laisse faire comme un pantin. Elle ôte ses sous-vêtements. Sa collègue l'assiste. Elles improvisent comme elles peuvent.

Elles n'ont jamais eu affaire à une patiente comme elle. Soumise. Absente. Elles sont deux pour écarter les jambes de ma mère et les soutenir afin qu'une troisième l'examine. Pour une fois, elles ne doivent prendre aucune précaution. Elles ne disent pas *Madame, je vais devoir vous examiner. Je vais tenter de le faire le plus doucement possible. Puis-je commencer ?* Avec ma mère, elles agissent. Elles la dénudent complètement pour aller plus vite. Elles la couvriront plus tard.

En quelques secondes, la petite salle se remplit.

— Dilatation à huit, déclare Diane.

Le médecin entre. Madeleine se retire pour qu'il prenne le relais.

— Elle est à combien ? demande le docteur Vernon.

— Huit centimètres.

La gynécologue enfile des gants à la hâte et se penche sur sa patiente.

— Le bébé est bradycarde, explique Madeleine.

— On doit agir vite. Un accouchement dans son état… On devrait peut-être opter pour une césarienne en urgence ? suggère le docteur Vernon.

— On sait quelque chose d'elle ? demande l'anesthésiste.

— Non. On l'a trouvée dans cet état aux urgences. On a fait une prise de sang mais on n'a pas encore les résultats, répond Madeleine.

— Avec l'état de la mère et le fait qu'on n'ait aucune information sur elle… Je vous avoue que je ne le sens pas dans ces conditions, dit l'anesthésiste en s'approchant de la patiente.

La gynécologue examine à nouveau ma mère.

— Visiblement, les contractions sont efficaces. La patiente est à dilatation complète. On lance l'ocytocine pour les intensifier.

Le docteur Vernon se tourne vers son équipe.

— Allez, on l'accouche ! Percez la poche des eaux pour accélérer le processus. Et espérons que la douleur réveille un peu la mère !

La gynécologue s'écarte.

— Appelez du renfort !

La salle se remplit. Chacun s'affaire. Personne ne songe à couvrir ma mère. Un corps mou aux volontés multiples, celles de tous ceux qui s'occupent d'elle, bougent un bras, une jambe, animent cette femme qui semble avoir renoncé.

— Madame, vous êtes en salle d'accouchement. Votre bébé a besoin de vous.

Madeleine se poste aux côtés de ma mère. Elle se penche pour s'adresser à elle. Elle parle fort alors que la proximité porterait un murmure. Ma mère remue la tête sous l'effet d'une nouvelle contraction, les yeux toujours fermés.

— Vous êtes à dilatation complète. Votre bébé n'est pas bien. Son cœur bat trop lentement. Il doit sortir au plus vite. Madame, il va falloir pousser, encourage Madeleine.

Mais ma mère reste lointaine.

— On y va, elle contracte, lance Madeleine.

— Spatules ! ordonne le docteur Vernon.

Les contractions reprennent et absorbent chacun dans cette torpeur propre aux instants tragiques. La ligne verte du monitoring gouverne maintenant l'équipe, elle impose le silence ou les cris, l'attente puis l'effort, les mène de l'angoisse à l'espoir de me voir naître. Vivant.

À cet instant, l'accouchement de l'une devient l'accouchement de toutes. Marie Vernon a introduit les spatules. Toutes l'encouragent mais ma mère ne participe pas. Elle subit la douleur, ces mains sur son corps, ces autres qui décident pour elle.

— Allez, on sort la tête à la prochaine contraction ! s'écrie le docteur Vernon.

Avec la contraction qui prend fin, l'angoisse succède à l'agitation. Les regards sont figés sur la ligne du monitoring qui fluctue légèrement puis file vers le haut. Les cris reprennent.

— Allez-y, madame ! Votre bébé est là !

— La tête sort ! J'essaie de dégager l'épaule. Préparez-vous à prendre le petit, lance le docteur Vernon.

Une sage-femme s'approche. Le docteur dégage une épaule puis l'autre, le reste suit. Le silence règne maintenant dans la salle. Chacun espère un cri. Le médecin tend à son équipe un petit corps inanimé.

12

Carnet d'Archie

À la demande de l'assistante sociale, je débute ce carnet qui sera pour toi, Archie. Ses instructions étaient vagues. Je suis supposée y raconter ton quotidien dans nos murs. « Si vous avez le temps », a-t-elle ajouté, comme si cela n'était qu'une simple formalité. Sur le seuil de ta chambre, elle a précisé que ce carnet t'aiderait si tu ne rentrais pas avec ta mère. J'ai frissonné à l'idée que mes mots, ici, auraient peut-être pour mission de la remplacer elle. Comme si c'était possible.

Je me présente : je m'appelle Madeleine, j'ai trente ans et je suis infirmière depuis sept ans. Certains disent que je n'existe que pour mon métier. Sans doute ont-ils raison. Je suis petite, brune et mes cheveux ondulent lorsqu'il pleut. J'ai accepté la mission de l'assistante sociale avec un certain enthousiasme parce que j'aime écrire.

Pour être honnête, je ne crois pas qu'on puisse raconter l'histoire d'un autre telle qu'elle se déroule vraiment. Je pense que l'on ne reçoit le réel qu'à travers l'étroite lorgnette de notre existence et les couleurs qu'elle met en lumière. Pardon pour ce récit qui sera donc teinté de mon histoire, des couleurs que je porte, qui m'habitent souvent malgré moi.

J'espère qu'il pourra t'accompagner d'une façon ou d'une autre.

Dans quelques minutes, tu auras deux jours. Dès que je ferme les yeux, l'accouchement revient. Ce n'est pourtant pas mon premier. J'ai l'habitude même. J'en ai vu des bébés en détresse, des médecins hurler, des mères pleurer. Mais ta venue au monde est particulière. Elle me marque plus que les autres. Elle ne me lâche pas. Et puisqu'elle ne me lâche pas, puisque ta vie débute là, je vais commencer ton carnet avec elle.

Ces minutes entourant ta naissance auraient dû être joyeuses. J'aurais voulu qu'on te sourie, qu'on t'embrasse, que les gens autour de toi soient heureux. On a tous besoin de ce genre de départ. Mais je ne vais pas te mentir. Ton accueil a été bien différent.

Quand, ce dix-sept avril, le médecin sort ce bébé du ventre de ta mère, il paraît endormi. Ces situations sont toujours éprouvantes pour nous. Elles nous confrontent à la mort, à notre fin à tous. Elles nous rappellent nos limites, ces mains qui font ce qu'elles peuvent. Nous sommes obligées de secourir tout en réfléchissant à la meilleure décision. Ranimer, oui, mais combien de temps ? Quand faut-il lâcher l'espoir d'une vie ? Quand une vie commence-t-elle à perdre de sa valeur pour celui qui la porte ?

En regardant ce bébé sur la table de réanimation, je songe à ces questions. Avec l'état de ta mère et tout ce qu'il laisse pressentir comme autres problèmes, les chances d'une vie facile s'évanouissent brutalement.

Mais le mystère subsiste. On ne sait pas ce qu'un corps, ce qu'un cerveau peut supporter. Alors on intube, on commence les compressions, on joue à Dieu parce qu'on ne sait pas quoi faire d'autre.

À cet instant précis, je suis partagée entre mon inquiétude pour lui, l'enfant au cœur lent qui ne respire pas, et celle pour ta mère. Elle représente le manque d'amour sous sa forme la plus étrange, celle d'une femme qui semble vouloir fuir jusqu'à son propre enfant.

Ta mère n'a pas ouvert les yeux. C'est la première fois que je vois cela. Une femme qui accouche par voie basse sans être là, par la seule force de celles qui l'entourent.

Comme le placenta se fait attendre, l'équipe s'interroge. Les sages-femmes écartent à nouveau les jambes de ta mère. Le médecin se résout à plonger une main à l'intérieur pour évaluer la situation. Je n'oublierai jamais son effroi.

— Ce n'est pas possible, ce n'est pas possible, mon Dieu, ce n'est pas possible, murmure la gynécologue.

Sur la petite table non loin de ta mère, la réanimation se prolonge dans le calme. Les premières minutes sont rythmées par la procédure. Les choix sont à ce stade encore évidents. On administre les drogues, on alterne les compressions et les pauses pour écouter le cœur, on répète ces gestes exécutés mille fois.

Le docteur Vernon retire sa main du ventre de ma mère et se redresse.

— Il est certainement mort, dit-elle, encore absorbée par ce qu'elle vient de découvrir.

On lui répond que non, que l'équipe de réanimation est dans les temps, que le petit sur la table peut encore se réveiller.

Elle secoue la tête, se baisse sur sa patiente et ajoute :

— Il ne peut qu'être mort. Celui qui est encore dans le ventre ne peut qu'être mort.

La gynécologue se replace aux premières loges, près de ces jambes molles qui ne tiennent pas, près de cet utérus qui fonctionne seul, près de toi qui vas naître. Le médecin s'active entre les cuisses minces. Elle plonge son bras jusqu'au coude, cherche la meilleure façon de sortir l'enfant oublié.

Les secondes s'écoulent. Elles ont cet effet particulier de te rendre plus précieux à mes yeux. Toi, l'enfant qui démarre avec si peu. Pour une raison étrange, tu me touches. Et plus je t'attends, plus j'ai l'impression de te connaître, plus je m'attache. L'équation de toute relation.

Je continue à parler trop fort dans les oreilles de ta mère mais rien ne la ramène à nous. Je regarde une dernière fois ton petit frère sur la table. Il ne fait pas de bruit. Il ne semble pas avoir le courage d'essayer. Je le comprends. En même temps, je voudrais qu'il reste pour t'accueillir. Parce que dans ce monde et dans votre vie telle qu'elle m'apparaît, il vaudrait mieux être deux.

Le médecin s'écrie :

— Je l'ai. Je le sors !

Elle retire sa main dans laquelle sont tenus fermement tes deux pieds et peut-être entends-tu déjà nos voix qui t'appellent. Comme un miracle, le reste suit, les jambes, ton buste, ce nez retroussé, tes joues crispées par la souffrance de ce passage sur terre. Ce cri qui se prépare, surtout.

À cet instant précis, les médecins s'apprêtent à déclarer la mort de celui qui a été avec toi tous ces mois. Une infirmière les interrompt et leur montre du doigt ton petit corps qui sort du ventre de ta mère. Lorsqu'ils comprennent que l'heure de la mort et celle de la naissance ne peuvent coïncider, ils prolongent la réanimation pour maintenir encore ton frère.

Dans cette première minute, tu pousses un cri puissant, une façon de clamer au monde que tu es là, une façon peut-être aussi d'appeler ton frère. Tu hurles et il est impossible de ne pas sourire. Les naissances ont ce goût-là. Celui de supplanter la perte, même la plus tragique.

L'heure de ta naissance est actée. Tu partages ce début de vie avec ton autre, ton double. Une infirmière propose même de te coller à lui. Parce que tout est perdu. Parce que tu n'as que lui. Parce que même les bébés ont le droit de dire au revoir.

13

Il faut environ cinquante jours pour parcourir les mille deux cents kilomètres qui me séparent de ma destination. Même si cela double la distance jusqu'à mon école, j'ai choisi de ne pas dévier de ce sentier qui épouse deux mille kilomètres de côte et qui, tel un fidèle compagnon, ne quitte jamais la mer. Je pourrais prendre des raccourcis, l'abandonner lorsqu'il serpente en vain le long d'une pointe et s'engage plus profondément dans la mer. Je pourrais, mais j'ai l'impression que le futile est important. Les détours aussi. Quand le vent balaye la terre devant moi, me barre la route et force mon corps à rebrousser chemin, je reste à me battre. Ma colère m'aide à tenir tête. Dans la bourrasque, je m'éloigne du bord de la falaise et mon corps penché vers l'avant semble soutenu par une main invisible. Parfois, je joue des poings comme si cela pouvait changer quelque chose. Parfois, aussi, je hurle. Mon cri file sur l'eau et s'évanouit au loin. Le silence occupe toute la place. Il contraste avec la fureur qui m'habite. La sérénité de ma route m'obsède. Elle me montre tout ce que je ne suis pas.

Tout ce que je voudrais être. Une force tranquille qui connaît son avenir, le décide au moins.

Ces derniers jours, mon corps se manifeste dans des douleurs diverses. La peau brûle sous les sangles de mon sac à dos, s'apaise ensuite pour aller crier ailleurs, au bout des pieds, sur mon visage durci par un soleil constant. Tel un petit vieux, mes articulations peinent, les genoux, les épaules, le bas du dos. Sous l'effort physique, mon corps semble ployer comme celui d'une victime. Je dois me redresser. Attaquer la route autrement. Rentrer le ventre sans doute, bomber le torse, m'affirmer un peu, tenter tout ce qui me paraît hors de portée. Mon manque de fierté me revient comme une claque. La route me parle. Pour tenir, je dois oser autre chose.

Avec cette nouvelle posture, la douleur ne s'exprime plus par ces piques qui attaquent par surprise. Je peux respirer malgré elle, l'apprivoiser. Je m'habitue au poids du sac, aux muscles qui s'activent à un rythme régulier, à ces longues heures de marche et à tout ce qu'elles exigent de moi. Je m'habitue même à la solitude.

Devant moi, la vue change constamment. Le sentier traverse une forêt, grimpe sur une falaise, domine le monde pendant des kilomètres avant de s'encaisser dans une vallée le long d'une plage. Ce panorama se métamorphose aussi plus subtilement. Au début, je ne le voyais pas. Cette façon dont la lumière décide du tableau final. Une intensité qui transforme un paysage, le rend unique pour le marcheur que je suis. Pour le suivant, il sera différent. Un accueil de la nature dont aucun être humain n'est capable.

Maintenant que les douleurs ne prennent plus toute la place, l'immensité me saisit. Sentir le sol sous mes pieds, le vent sur ma peau, l'espace tout autour. Le bonheur un instant. Une respiration avant que mon esprit ne prenne à nouveau le relais. Je ne suis que cela, mes pensées, ma façon de voir le monde, ces monologues qui m'envahissent. Un retour éternel à mes origines de perdant. Je suis fait de ces mots durs, de ces peurs profondes. Un roc incapable de bouger. Je vois tout ce que je pourrais être. Je le vois chez les autres. Mais en moi, tout est figé, tenu par une loyauté étouffante. Un héritage qui, comme la lumière sur les paysages, décide du tableau. Une mère triste, un fils coupable. Une mère absente, un fils terrorisé. Une mère droguée, un fils foutu. *Sauf que ta mère a renoncé et que toi, tu avances sur ce chemin*, dirait Jean.

Après avoir quitté Madeleine, j'ai rangé son carnet au fond de mon sac, comme si c'était la dernière chose dont je pourrais avoir besoin. Hier, j'ai enlevé une à une mes affaires pour le déterrer. Bizarrement, j'avais peur. J'ai toujours eu l'impression que ceux qui s'occupaient de moi à l'institution m'offraient un récit édulcoré pour me ménager. Ma mère n'était pas si mal, mon accouchement pas si moche, la mort de mon frère un manque de chance, ma vie en institution temporaire. Ils avaient mémorisé mon histoire comme les autres éléments de mon dossier, un truc à savoir pour bien faire son travail. Un truc à me répéter les soirs de doute. Madeleine, elle, était aux premières loges dès le départ. Elle dirait la vérité parce que c'était sa façon d'être. Pour les histoires et pour le reste.

J'ai installé ma tente pour la nuit et ouvert le carnet. Depuis mon départ, j'étais en colère contre ma mère et je ne voulais pas que le récit de Madeleine l'adoucisse. Avoir envie d'être son fils et ne jamais pouvoir l'être.

Je sors mon matelas de la tente pour m'étendre près du feu. Allongé sur le dos, la tête appuyée sur les mains, j'essaie d'imaginer l'accouchement tel que raconté par Madeleine. Même si c'est dur, je regarde ma mère assoupie, absente de ce moment important. Je sens ce frère contre moi, à l'étroit dans ce ventre, nos corps qui se frôlent, cette solitude qu'il rend impossible. Je le dessine plus beau que moi, avec le genre de nez qui plaît. Sa peau contre ma peau sur cette table de réanimation. Son échec qui devient le mien. Le vide qu'il laisse lorsqu'on l'emporte.

La salope revient maintenant et le ciel étoilé n'y pourra rien. L'angoisse me renifle, elle attend que je craque. Je la sens rôder autour de moi. Mon ventre se serre. Je m'oblige à fixer les astres comme si ma place ici était juste. Comme si elle était mon droit. Comme si j'avais un droit, moi, Archie, le roi du néant.

14

Carnet d'Archie

Dans tout l'hôpital, on parle de cet accouchement inouï. La mère inconsciente, les jumeaux, la mort de l'un d'eux. Les patients comme le corps médical ressassent les détails pour comprendre. La maternité et la toxicomanie sont deux mots qui coexistent rarement dans une même phrase. Comme si toutes les mères devaient forcément aller bien. Comme si avoir un ou deux bébés dans le ventre formait un rempart contre les faiblesses, la fragilité, les penchants dangereux.

Les discussions se concentrent désormais sur toi. Cet enfant qui malgré tout est vivant. Depuis quelques jours, les familles des autres patients déposent des cartes à ton attention, une peluche, des vêtements, quelques pyjamas en velours. Sans doute imaginent-ils qu'une mère qui n'est pas présente à son propre accouchement ne sera pas utile pour grand-chose.

Peu après ta naissance, ta mère sort de sa torpeur. La psychologue et le médecin lui expliquent la situation. Les jumeaux. Le départ de ton frère. Dans le rapport, il est écrit que « la mère paraît ailleurs ». C'est joliment formulé.

Ta mère semble toujours ailleurs et il est difficile de la ramener ici. J'ignore si, dans ce carnet, je ne suis supposée parler que de toi ou si je dois aussi la raconter elle. Je me mets à ta place. Je t'imagine avoir quinze ans et lire ces lignes d'un bleu vieilli. Je me dis que je voudrais savoir. Que ce carnet devrait recueillir des indices précieux, prémisses d'une relation compliquée ou, pire, d'une perte. Pardon pour cette vision peu optimiste. L'accouchement de ta mère me fait cet effet-là.

Ta mère n'a pas pleuré comme les autres mères qui perdent leur enfant. Elle a immédiatement demandé à te prendre contre elle. Le rapport mentionne encore que la primipare n'a pas souhaité répondre aux autres questions du corps médical. Elle voulait juste le silence. Le silence et son bébé dans les bras.

J'aimerais te dire qu'elle a pleuré ton frère par la suite mais personne dans l'équipe n'a vu de larmes. Ce n'est pas une critique. Il peut y avoir mille raisons de ne pas pleurer son enfant : le déni, le choc, une trop grande culpabilité. Moi, je penche pour une autre hypothèse. Je crois qu'elle n'a pas pleuré parce que, dans son esprit, elle n'attendait qu'un seul enfant et que c'est exactement ce qu'elle avait dans les bras. Un bébé. Un très beau bébé même.

Après l'accouchement, elle n'a pas demandé à se rhabiller, elle est simplement restée allongée là, à l'endroit même où elle avait donné naissance. Tu n'as rien demandé non plus. Tu avais l'air bien contre sa peau tiède. Ton petit poing près de ta bouche, loin de son sein. Sonné par ce combat, tu gardais les yeux fermés. On a proposé à ta mère de te laver, de t'habiller mais elle a secoué la tête. Elle a remonté sur vous la couverture que nous lui avions fournie dans l'attente de sa chambre, et t'a embrassé.

Seul le pédiatre s'est immiscé dans votre intimité pour effectuer un premier prélèvement et évaluer les dégâts. Tu avais certainement absorbé ce qui avait fait sombrer ta mère. Il fallait établir un traitement pour gérer ton sevrage. Dans ce tableau noir, une lueur. Tu resterais plusieurs semaines avec nous.

Dans ton premier cri, j'avais perçu un avenir. Peut-être paraissait-il plus fort, fendant le silence de ton frère. Peut-être aussi y avais-je vu du courage parce que, finalement, tu étais sorti du corps de ta mère sans son aide, comme le premier acte d'une autonomie féroce. Dans tout cela, je devinais un destin hors du commun. J'aurais pu m'apitoyer sur ton sort, craindre pour toi, mais j'avais désormais une conviction. Celui qui naît seul mérite toute la lumière du monde.

15

Cette nuit, je l'ai passée en compagnie de mon frère. Avec son récit, Madeleine me l'avait rendu. La force de quelques mots sur le papier.

Dans mon rêve, mon frère a le même âge que moi. Nous sommes sur la plage. Il me fait signe de courir avec lui puis file vers les vagues. Je regarde ses jambes en mouvement, ses bras levés vers le ciel, j'entends son rire. J'accélère pour le rattraper. Il me charrie. Je découvre à quoi aurait pu ressembler son sourire. Cette bouche, ces yeux qui s'illuminent, ce visage, un foyer pour moi. Déjà il plonge dans l'eau, s'allonge à la surface, le regard porté vers les nuages, les bras en croix, les embruns sur sa peau.

Face à son corps à nouveau immobile comme sur la table de réanimation, j'ai peur qu'il parte. Je ne veux pas qu'il me quitte encore. Pour une fois, je suis bien.

Il n'est qu'à quelques mètres de moi, alors je nage plus vite pour le rejoindre. Je l'appelle mais il ne bouge pas. Il a fermé les yeux mais il sourit. Il paraît loin.

Avant que son corps ne s'enfonce dans l'eau, je glisse mes mains sous sa nuque et ses jambes puis l'attire à moi pour l'emmener là où j'ai pied. Debout dans la mer, je le serre longtemps contre moi. Je lui raconte la vie qu'il manque et, les yeux toujours clos, il m'écoute. Il est en train de partir mais il est encore là. Après avoir tout dit, je me tais. Le silence, le ressac rythmant nos dernières minutes ensemble, quelques mouettes dans le ciel, mon frère dans les bras.

Comme son corps est plus léger, je baisse les yeux. Mon frère semble toujours endormi mais il a l'apparence d'un jeune adolescent. Des taches de rousseur sur les joues, les genoux écorchés, les cheveux en bataille. Je ferme les yeux. L'émotion est trop forte. La présence de mon frère conjugue bonheur et souffrance, ouverture et désespoir. Vie et mort. Lui et moi. Je suis un peu mort avec lui sur cette table et une part de lui vibre encore en moi.

Les larmes coulent sur mes joues. Dans mes bras, mon frère rajeunit encore. Il est maintenant un bambin. Cet âge du jeu et de la légèreté. Tout ce qui nous a été enlevé. Ma gorge se serre. Je lève les yeux vers les nuages, je l'imagine là-haut. Je sens ce corps minuscule dans mes bras et je sais que notre fin est proche. Je soulève le bébé qu'il est devenu pour le placer contre mon épaule. Mes mains sur son dos étroit et ses fesses rebondies. Sa bouche embrassant malgré elle ma peau. La souffrance d'un nourrisson face à une mère qui renonce me revient comme une claque. La colère monte. Je veux profiter encore mais elle domine maintenant. Je pousse un cri profond, puissant. Dans mon rêve, ce cri semble éternel, nourri par l'écho d'une mer calme. Je hurle encore. Je frappe l'eau de toutes mes forces. J'ai l'impression de n'être plus que cette rage inépuisable. Je le perds une nouvelle fois. Je le perdrai toujours. Maintenant que je le connais un peu, je le perdrai chaque matin au réveil.

Après avoir été proche de lui cette nuit, le manque est terrible. Nous aurions pu être deux pour tout affronter. J'avais une famille. Il aurait pu attendre cette mère, lui aussi. Souffrir avec moi. Pleurer dans mes bras. Hurler sa rage sur ce sentier perdu, me montrer comment on s'en sort quand on a mal. Il aurait pu être tout cela mais ma mère l'a tué. Je n'avais encore jamais pensé ça d'elle. Ma mère et son infanticide involontaire, à l'image de sa vie, tout qui se décide malgré elle.

Ce rêve a brisé ma pierre. Il y a maintenant une faille dans mon roc, une ligne qui bouge et raconte autre chose que mes vieux refrains. Elle dit qu'il faut pleurer les absents. Et ne plus les attendre. Lui, elle, nous trois autrefois réunis. Un passé qu'il faut lâcher.

Je descends par un chemin escarpé pour rejoindre la plage, étroite anse de sable blanc qui se manifeste au gré des marées. Les joues humides, j'enlève mes vêtements et les pose sur mon sac. Seul dans cette crique, je ne prends pas la peine d'enfiler un maillot. Je cours vers l'eau en hurlant comme dans mon rêve. Je plonge sous les flots glacés et je crie encore. Mes larmes se mêlent à l'eau salée. Je nage plus loin. Un instant, je pense rester sous l'eau pour toujours. Mais comme pour chacun de mes choix, je songe à *elle*. À la mère que je déteste maintenant, à celle qui ne veut pas de moi. Cette mère qui me force à revenir vers la plage pour vivre la vie à laquelle elle a renoncé.

Après m'être séché au soleil, je prends mon carnet. Et je fais de mes larmes des mots et de mes maux des poèmes.

Archie

Je me souviens de ton corps contre le mien
De tes bras doux comme de la soie
Ici, tout est bien parce que nous sommes deux
À grandir malgré tout
À pousser nos petits corps vers ce dehors qui promet
Sauf que, sur cette table, je te découvre endormi
Ils t'ont tourné vers moi
Ventre contre ventre, ta peau tiédit
Les yeux clos, tu ne joues pas
Ta main ne se pose plus sur ma bouche
Tes pieds sont immobiles
Les batailles sont terminées avant d'avoir commencé
Ton blanc et mon rose vont nous séparer
Ton ventre est contre moi encore un instant
Je le touche pour la dernière fois
Tu t'éloignes malgré nous
Maintenant, tout est froid
Aujourd'hui, demain et pour mon éternité sur terre

16

Carnet d'Archie

À la fin de mon service, je m'assieds à tes côtés. Si ta mère se repose, je prends ton petit corps endormi contre moi. J'ai rarement fait cela. Je n'en avais pas vraiment envie. Depuis le drame et mon absence prolongée, je n'avais plus d'attrait pour grand-chose mais ça, c'est une autre histoire, pas celle qui doit être contée ici. Plongé dans un sommeil profond, tu sembles plus lourd que les autres bébés. Tu dors toujours exactement de la même façon, telle une poupée parfaite, lèvres légèrement entrouvertes, souffle paisible, cils longs, nez gracieux. Le plus souvent, je reste silencieuse. Je dépose un baiser dans tes cheveux d'or. Je respire ton odeur de bébé.

C'est ce temps avec toi qui me donne l'inspiration pour t'écrire. Depuis mon poste, j'observe ce quotidien qui prend forme. Parmi les nombreuses constances, ton état, ta mère, votre lien particulier, je tente d'épingler ce détail. Cette petite chose qui rend ta vie unique et que tu voudrais lire ici, plus tard, quand tu seras grand.

Lorsque ta mère intègre sa chambre après l'accouchement, tu ne l'accompagnes pas tout de suite. Pour mettre en place le protocole, nous t'examinons à nouveau. Le spécialiste de notre hôpital a prescrit la méthadone dès les premiers signes de souffrance chez toi. Tu ne peux pas rester avec rien dans le sang. Une phrase terrible lorsque l'on parle d'un nouveau-né. Une phrase terrible pour tout être humain en fait.

Ton cas m'a été attribué. En tant qu'infirmière responsable, je suis convoquée à la réunion durant laquelle ton dossier est discuté. J'ai beaucoup hésité à te donner ce genre de détails. Mais je fais partie des gens qui pensent que l'on est plus fort avec sa vérité en poche. Même quand la vérité est moche.

— C'est un dossier difficile, annonce un des médecins présents.

J'acquiesce.

— Bambi, tu t'en sens capable ?

Bambi, c'est mon surnom ici à l'hôpital. Ma cheffe ne l'utilise que lorsqu'elle a une faveur à me demander, comme être de garde deux réveillons d'affilée.

— Oui, je peux m'occuper d'Archie, dis-je simplement.

— Très bien. Le bébé a montré des premiers signes de sevrage, nous devons donc intervenir avec la méthadone sans tarder. Vu l'état de sa mère à son admission ici, je crains qu'il ait beaucoup absorbé et que le sevrage soit particulièrement éprouvant. Il faudra une surveillance rapprochée. Ses paramètres, son état général, tout élément qui pourrait nous informer que nous n'allons pas dans la bonne direction. Je peux compter sur vous, Madeleine ?

J'acquiesce à nouveau.

Lorsque je te rejoins dans la salle d'examen, tu es endormi, apaisé par une première dose légère de méthadone administrée dans l'urgence. Tes petites mains sont posées l'une sur l'autre sur ton ventre. Une disposition étrange qui n'appartient pas aux bébés. Leurs mains sont rarement à plat, sages, recueillies. Tu me fais l'effet d'un pantin.

Le pédiatre soulève tes membres, t'ausculte, tourne ta tête sans que tu réagisses. Malgré toi, tu es le bébé le plus sage du monde.

Je me demande qui tu serais vraiment si tu n'étais pas assommé. Un bébé à l'appétit féroce, revendicateur ? Un bébé attentif, un de ceux qui veulent tout voir ? Qu'est-ce qui t'attirerait ici si tu étais de retour parmi nous ?

Je consulte la dose de méthadone que je suis supposée préparer pour compléter ton traitement et prolonger ton temps de récupération. Puis, je dépose ton dossier dans la tranche à cet effet au bout de ton lit.

Dans la salle attenante, celle dédiée au stockage, je glisse une seringue dans le flacon du médicament pour prélever la quantité précise. Je me surprends à vouloir fermer les yeux. Je soupire, je me répète les mots du médecin qui semblent déjà un peu loin. Sur le plateau, je replace la seringue qui n'a pourtant pas bougé. Je serre les poings. Je dois penser à un avenir meilleur. Je me dirige vers la salle d'examen.

Le pédiatre m'attend. Je n'ai pas la force de parler. Je pose mon plateau sur la conduite près de ton lit. Je m'empare de la seringue, l'insère et appuie sur le poussoir. Je me concentre sur le trajet du liquide dans la tubulure. Le pédiatre quitte la pièce.

Dans un instant, la chimie prendra le pouvoir, apportera à ton corps ce dont il a besoin pour traverser ce début de vie. L'implacable goutte-à-goutte perfuse maintenant le produit. Je suis hypnotisée par ces perles qui glissent dans tes veines. Tu gémis.

Je m'approche de ton lit, me colle à la paroi transparente. J'ai envie de te réchauffer alors que tu n'as sans doute pas froid. Je devrais poursuivre ma journée mais j'en suis incapable. Tout ce qui compte à cet instant précis, ce sont tes mains. Les entourer des miennes. Te signifier que même si tu t'éloignes déjà, tu n'es pas seul.

17

J'ai toujours cru que c'était moi qui nous maintenais éloignés, qui jugeais ma mère pas à la hauteur, que dans le domaine du droit à la maternité, j'avais ce petit pouvoir. J'étais convaincu d'être sa motivation pour qu'elle arrête les crasses, qu'avec un fils à récupérer, elle continuerait d'essayer.

L'aveu de Jean avait précipité mon départ.

Je n'avais pas eu le temps d'approfondir mes recherches sur ma future école car, le matin suivant, j'étais parti. N'importe quoi serait mieux qu'une autre nuit dans mon lit à attendre cette majorité qui vient trop lentement.

En m'asseyant sur mon rocher face à la mer ce soir, j'ai envie de savoir. Comme Madeleine, j'inscris dans la barre de recherche les mots de mon aventure : « école démocratique ». Dans ce coin reculé, l'internet fonctionne au ralenti. Je pose mon téléphone à côté de moi, le temps d'allumer un feu. Heureusement, j'ai eu l'opportunité de le recharger dans une petite auberge proche de mon chemin. Lorsque je consulte de nouveau l'écran, il y a de nombreux résultats. Je clique sur le premier titre : *L'école démocratique, c'est la démocratie dans l'éducation. La démocratie veut que chacun ait une voix pour influer une décision commune. Dans une école démocratique, les élèves de tous âges apprennent non pas selon un programme imposé mais en fonction de leurs attraits, des propositions des professeurs, une sorte de pacte où chacun apporte un peu du sien.*

Pendant que je prépare mon repas, je lis encore sur les écoles comme celle vers laquelle je marche. J'ouvre mon sac et y prends une carte postale achetée quelques jours plus tôt. Je cherche quoi écrire. J'essaie un texte pragmatique. Je le relis. Aucune phrase ne chante. Tout est absolument et parfaitement plat. J'ai trouvé la formule à l'exact opposé du poème.

Cher Jean,

Ne t'inquiète pas, je suis bien. Je suis en sécurité. Pardon de t'avoir fichu la trouille. Ne me cherchez pas. Laissez-moi réussir un truc. Tout est sous contrôle. J'ai à manger, de quoi dormir et une belle vie devant moi. Embrasse Madeleine pour moi. Dis à ma mère que je vais bien. Je vous donnerai des nouvelles.

D'ici là, je suis ma route. Une histoire de bonheur que tu comprendras certainement, toi, le grand aventurier.

Merci pour tout.

Archie

Je glisse le texte court et efficace dans la poche avant de mon sac à dos, celle dans laquelle je range mon courrier à envoyer.

18

Carnet d'Archie

Les plus belles vies débutent parfois mal. C'est ce que je me raconte quand j'entre dans la chambre où toi et ta maman êtes retenus. Je vous regarde et me rassure comme je peux. Je me répète que les moments difficiles forgent, nous transforment, rendent prompts à savourer le bonheur lorsqu'il survient ensuite.

Revenons à toi. À ton existence entre nos murs, une journée qui semble se reproduire à l'infini.

Dans ton dossier, j'inscris patiemment tes paramètres, constantes qui traversent le temps, telle une ligne droite que rien ne paraît pouvoir dévier de sa trajectoire. Ton cœur bat de façon régulière, ta température n'oscille que très peu, ton poids augmente graduellement. Ton corps me donne l'impression de faire contrepoids, d'offrir cet ordinaire qui vous manque à toi et ta mère.

— Comment va Archie ?

C'est à peu près la seule question que ta mère m'adresse. Mais c'est la plus compliquée. Parce que la réponse parle beaucoup de ta mère et très peu de toi. Chaque fois qu'elle me la pose, je tente de gagner du temps. Je ne peux pas lui répondre « bien ». Je ne peux pas non plus lui affirmer le contraire. Dans les deux cas, ce serait mentir. C'est vrai, ton état est bon compte tenu des circonstances. Mais de là à dire que tu vas bien…

Étrangement, devant elle, je n'ose pas prononcer les mots « drogue » ou « médicament », comme si cette simple évocation pouvait la pousser vers ses penchants nuisibles. J'ai peur que, dans ma bouche, ils prennent la forme d'un reproche. On ne sait pas s'attacher à toi sans en vouloir un peu à ta mère. Un peu beaucoup, je veux dire. L'ignorance de son histoire ne me rend pas plus empathique. C'est viscéral. Toi dans ce lit, la méthadone dans ta perfusion, une équation qui ne laisse que peu de place à l'indulgence.

— Archie va…

Cette phrase, j'ignore comment la terminer sans faire encore plus de dégâts.

— Les paramètres d'Archie sont bons…

Le soulagement dans le regard de ta mère me serre le cœur. Un instant, sur le mot « bons », la tension disparaît et tout son corps semble se détendre.

Puis, le combat reprend. Elle, son fils, ce qu'elle imaginait peut-être de sa maternité. Ce point de départ, échec cuisant éloigné de tous les rêves.

— Ah, c'est bien, répond-elle.

Ses lèvres remuent dans le vide. Elle voudrait en dire plus mais se retient.

— Oui, c'est bien.

Je me force à prononcer les paroles les plus gentilles à ma disposition.

— Son cœur bat bien.

J'essaie encore. Je me dis que mes efforts prolongeront peut-être son temps d'abstinence. Ta mère est maintenant en état de sortir. Même si elle a accepté depuis le premier jour de prendre la méthadone pour se sevrer, toute l'équipe redoute le moment où elle ira «prendre l'air». Nous avons vu tellement de patients rechuter.

— Je dois faire une course cette après-midi.

— Bien, dis-je simplement.

Je cherche un prétexte pour la retenir. La somme des non-dits qui nous lient désormais n'autorise pas grand-chose.

— Si le psychologue passe pour l'évaluation, il vaut peut-être mieux que vous soyez présente… ?

Son corps se raidit. Ses mains s'agitent, triturent le drap, s'occupent, telles celles d'un fumeur qui essaie d'arrêter.

— Mmmh, murmure-t-elle.

Elle ferme les yeux.

— L'évaluation… répète-t-elle.

Elle se couche, comme si ce dernier mot l'avait épuisée. À contrecœur, je te place dans ton lit.

— Je vous laisse, j'ai une réunion.

Ta mère ne répond rien. À travers le drap, j'aperçois son corps recroquevillé en position fœtale. Une boule pour faire face à l'attaque. Une part de moi voudrait s'asseoir près d'elle, poser une main sur son épaule.

Une collègue entrouvre la porte.

— On t'attend pour commencer la réunion, Bambi !

Je quitte la chambre sans avoir dû trancher.

Souvent, après un échange avec ta mère ou avec l'équipe, je profite de ma pause pour retranscrire ce qui a été dit. Tu vas peut-être trouver cela idiot mais je me sens investie d'une mission et je veux la mener le plus correctement possible. Sur une feuille de brouillon, je note ce que ma mémoire a retenu et, plus tard, si c'est opportun, je consigne cela dans ton carnet.

Dans notre salle de réunion exiguë, médecins, infirmières, psychologue et assistante sociale se sont massés autour de notre table ovale. Les premiers se sont assis sur les chaises disponibles, les autres se contentent de s'appuyer sur les plans de travail qui longent les murs. Je n'ai pas la force de rester debout aujourd'hui. J'emporte un tabouret de la salle des familles et le place là où je peux.

— Exceptionnellement, notre réunion de ce jour ne portera que sur le cas d'Archie.

L'équipe est silencieuse. Pauline, notre cheffe de service, ouvre le dossier et tourne quelques pages avant de poursuivre.

— Après son… réveil… la mère nous a fourni son identité. Nous avons évidemment demandé à pouvoir contacter le père, un proche, la famille. La mère s'est contentée de secouer la tête. De notre côté, nous avons procédé à des recherches et madame semble en effet très isolée.

Je croise les bras. Notre salle me paraît froide en ce début d'après-midi.

— Pour l'instant, Archie n'a que sa mère. Nous avons donc lancé une procédure pour évaluer ses capacités à s'occuper de son enfant. Notre chance – si je puis m'exprimer ainsi – est que le traitement d'Archie nécessite qu'il reste parmi nous pendant plusieurs semaines.

Notre cheffe se racle la gorge.

— À l'issue de la procédure, les psychologues devront statuer sur l'avenir proche d'Archie et envisager, si nécessaire, un placement.

Pauline a levé la tête et parcourt la salle du regard pour s'assurer que chacun est attentif.

— Ce type de procédure est une épreuve pour tout le monde. Pour la mère, bien entendu, mais aussi pour l'équipe. Les psychologues et assistants sociaux sont rompus à cet exercice. Il est plus compliqué pour nous.

Pauline a joint les mains et se redresse pour asseoir ses propos.

— Lors de nos réunions, je vous demanderai de partager avec honnêteté votre ressenti et les informations dont vous disposez. Il sera important de respecter le point de vue, peut-être différent, de vos collègues. Les psychologues et assistants sociaux trancheront sur la base de leur analyse et de vos rapports.

Notre cheffe referme le dossier d'un coup sec, ce qui fait sursauter tout le monde.

— Y a-t-il des questions ?

Mes collègues échangent des regards interrogateurs.

— Donc, la mère d'Archie pourrait le ramener chez elle ? demande une infirmière plus âgée.

Un murmure parcourt la salle.

— Je vais laisser le psychologue répondre à cette question. Max ?

— Dans ce genre de situation, nous allons toujours tenter de préserver le lien mère-enfant. Nous avons des structures qui peuvent les accueillir et les aider.

— Mais, du coup, on entre dans la chambre et on doit faire quelque chose en particulier ? interroge un autre collègue.

— Vous allez tous recevoir une grille d'évaluation. Elle reprend les gestes, attitudes, éléments qui composent une maternité… normale, si je puis m'exprimer ainsi, explique Max en brandissant une feuille avec un tableau. Elle vous aidera à revenir le plus possible à une évaluation objective.

— Votre participation se limite à une observation. Inutile de jouer au psy ! L'équipe de nettoyage sera également amenée à partager ses impressions, précise Pauline.

— En effet, c'est la diversité des points de vue qui nous permet de prendre la décision la plus juste, s'il en existe une… conclut Max.

Nous nous levons en silence. Juges de circonstance, responsables de la vie d'Archie, médecins et infirmiers dévoués mais impuissants. La procédure est lancée.

19

Je marche plusieurs mètres au-dessus de l'eau, sur cette falaise abrupte qui semble plonger dans les flots. La mer translucide se bat avec la roche, la dessine, la caresse. Il me faut toujours un temps pour maîtriser ma peur face à l'à-pic. Je me concentre sur mon pas. Mon souffle se fait plus fort. Il recouvre les bruits du dehors, rythme mon déploiement sur ce sentier, absorbe toute mon attention, me sauve du vide finalement.

Une fois le vertige apprivoisé, je me redresse. Je ne suis plus Archie, le pensionnaire échappé, je suis Archie, le roi du monde. Comme le soleil suit sa course de la mer vers le ciel, je progresse vers mon école. Mon monde soudain chargé d'évidences. Je souris. Derrière le murmure du vent, j'essaie d'entendre les musiques plus discrètes. Je deviens attentif. Je perçois l'oiseau qui vole quelques mètres derrière moi. Je distingue la mouette du goéland. Je ne suis plus un touriste. J'appartiens désormais à cette terre.

Le midi, je m'assieds pour manger du pain et du fromage que j'ai achetés dans un village tout proche. De mes pouces, je fends la baguette en deux et y fourre des morceaux de brie. La faim, la marche et le grand air font exploser les saveurs dans ma bouche. Je fais les meilleurs repas de ma vie. Je prends le temps de mastiquer. Je respire même entre deux bouchées. Je découvre mon pouvoir de sublimer chaque instant. Je m'attarde sur ma pierre. Je prends goût à ce quotidien.

En fin d'après-midi, mes jambes semblent fatiguées. Mon pas n'est plus si assuré. J'hésite à installer ma tente plus tôt. Un peu plus loin sur le sentier, une fille se tient debout. Ses cheveux sont relevés en un chignon négligé. Elle porte l'uniforme de la randonneuse : chaussettes épaisses, bottines, short, T-shirt et pull noué autour de la taille.

— Bonjour !

Elle me fait signe. Comme si sur ce chemin désert, je pouvais la manquer. Je parcours les quelques mètres qui nous séparent et m'arrête à sa hauteur.

— Bonjour, dis-je.

Je ne me sens pas à l'aise avec les règles qui gouvernent les relations. J'ai l'impression de systématiquement taper à côté. Alors, je m'en tiens au minimum.

— Pardon… Je voulais installer ma tente ici et je voulais savoir si… c'est autorisé ?

La fille désigne une flaque bleu roi à côté d'elle.

— Oui, je suppose.

En réalité, je n'en sais rien. Je réponds quelque chose car j'aimerais qu'elle me parle encore. La randonneuse est occupée à rassembler du petit bois et une feuille de papier pour lancer un feu. Elle paraît un peu plus âgée que moi.

— Génial, lance-t-elle, penchée sur son tas de bois.

Visiblement, c'est la première fois qu'elle s'attaque à la tâche. Elle lève la tête vers moi.

— Pour lancer un feu, il y a des règles à suivre, non ? demande-t-elle.

Je dépose mon sac au sol et m'agenouille près d'elle.

— Le papier, tu dois le chiffonner en une grosse boule pour que ton feu prenne.

Elle m'observe faire avec attention.

— Je fais une année sabbatique, annonce-t-elle avec une pointe de fierté.

Je ne lui propose pas de développer de peur qu'elle me retourne la question. Je ne peux pas partager mon secret avec une inconnue. Je n'ai pas parcouru tout ce chemin pour être retrouvé et ramené là-bas.

— Une fois mon diplôme en poche, j'ai décidé de… enfin… enfin tu vois !

Non, je ne vois pas. J'acquiesce quand même. J'ai envie qu'on me raconte une histoire. Celle qui se cache derrière cet « enfin tu vois » par exemple.

— Comme toi, quoi, ajoute-t-elle en levant mollement la main vers moi.

J'acquiesce encore. Elle se penche sur le feu, bouge quelques branches avec son bâton, fait mine de s'y connaître.

— Je voulais faire le point avant le grand saut ! poursuit-elle. Savoir qui je suis et toutes ces conneries…

— Tu marches depuis combien de jours ?

— Oh, je viens juste de commencer. Je n'ai pas encore dormi sous tente. Je ne voulais pas un début trop radical, alors je me suis offert deux nuits en chambre d'hôtes, explique-t-elle avec un petit rire. Et toi ?

— Moi, je dors toujours sous tente, dis-je pour éluder le reste de sa question.

Je chiffonne une feuille de papier en boule et la place à l'endroit où le feu ne prend pas encore.

— Tu veux que je t'aide à monter ta tente ?

— Ah oui, je veux bien !

J'attrape les tiges en métal qui ont roulé un peu plus loin, tends le tissu devant moi pour en comprendre le sens. Mon expérience en matière de tente est récente et ne se limite qu'à un seul modèle, le mien.

— Tu sais où est le mode d'emploi ?

— Il est là, répond-elle en désignant le feu. Je croyais qu'il n'était pas vraiment nécessaire. Enfin, sauf pour allumer le feu.

— Ah…

Je m'approche des flammes pour voir ce que je peux sauver et en sors une page à moitié calcinée. Par chance, le schéma est dessus. Je lisse la feuille et la pose au sol avec tout le sérieux dont je suis capable. La géométrie dans l'espace, les schémas à suivre, ce n'est pas mon truc. Dès que je dois reproduire en trois dimensions ce qui n'existe qu'en deux, mon cerveau se brouille, incapable de compléter la dimension manquante.

— Alors… ceci va là, dis-je sans grande conviction.

Elle se lève.

— Je m'appelle Mathilde, déclare-t-elle en me tendant la main.

— Archie.

J'essuie ma main sur mon short avant de serrer la sienne. Sa paume est douce et tiède. Elle la retire vite.

— Je peux t'assister ? fait-elle avec un sourire chaleureux.

Lorsqu'elle se penche sur le mode d'emploi, quelques boucles brunes tombent vers l'avant en un halo parfumé. Je n'ai pas pris de douche depuis trois jours. C'est superflu quand on ne croise personne. Je me suis contenté d'une toilette rapide, une goutte de savon, un passage superficiel un peu partout. Certains soirs, je m'assieds face à l'océan, pose ma gamelle remplie d'eau devant moi et y plonge quelques minutes mes pieds fatigués.

— Donc, on passe les tiges ici. Je crois qu'on a le bon nombre.

Elle reproduit mes gestes avec soin.

— Ça, ce sera l'ouverture…

Le tissu prend quelque peu forme, soutenu par des tiges en acier, disposé comme sur le schéma. Je me sers d'une bottine pour enfoncer les attaches dans la terre. J'installe la tente face à la mer, pour que ce soit la première et dernière chose qu'elle voie.

— Je crois que c'est bon… dis-je en espérant qu'elle soit du même avis.

— Merci.

Mathilde me sourit. J'ai peu d'expérience avec les filles. À l'école comme à l'institution, il y a les autres pour m'observer de loin, et moi qui ai peur de faire de travers. Le soleil descend lentement sur la mer. Je devrais aussi choisir un lieu pour mon campement. Je pourrais dresser ma tente ici, à côté de la sienne. Si seulement j'avais le courage. Je me relève, plus lourd.

— Le soir tombe. Je vais devoir y aller.

— Tu ne t'installes pas ici ? Je t'avoue que j'ai un peu la trouille d'être seule dans ce camping improvisé.

— Ah oui, pourquoi pas… dis-je avec une décontraction feinte.

En quelques gestes, je déploie ma tente et, heureusement, tout fonctionne du premier coup.

— T'as prévu quoi pour le dîner ? demande-t-elle en brandissant un paquet de pâtes.

— La même chose.

Nous nous asseyons autour du feu. Je fais chauffer de l'eau pour y cuire ce qui est devenu la base de mon alimentation.

— Pour la cuisine, je me débrouille. Ma mère ne sait rien préparer, du coup…

Elle me laisse encore le soin de compléter sa phrase.

— Et ton père ?

— Mon père… mon père, c'est une autre histoire…

— Mmmh, je vois, dis-je alors que, clairement, je ne vois pas du tout.

— Le soir, à la maison, je mange le plus souvent seule. Avec mon livre. Tu lis, toi ?

— Oui. Enfin, surtout des poèmes.

Elle me regarde, étonnée.

— Des poèmes ?

— Oui, je sais, c'est pas courant…

— Et qui est ton poète préféré ?

— C'est un Autrichien. Rainer Maria Rilke. C'est lui qui a écrit ceci.

Je prends mon livre dans la poche avant de mon sac à dos et le lui tends.

— *Lettres à un jeune poète.* Un piège à filles ? ironise-t-elle.

— Non. Vraiment. Il est important pour moi, dis-je, sur la défensive.

Elle l'ouvre et le feuillette.

— Mais ce ne sont pas des poèmes, si ?

— C'est très poétique et il y a quelques poèmes à la fin… C'est un échange de lettres entre Rilke et un jeune poète qui lui demande conseil.

Elle retourne le livre et parcourt la quatrième de couverture.

— Et toi, tu lis ça ?

— Ça m'aide…

— Comment ? demande-t-elle en se penchant vers l'avant.

Je m'adosse contre un rocher.

— De manière générale. Dans la vie. Mais aussi pour…

— Pour… ? répète-t-elle en plongeant maintenant son regard dans le mien.

— Je suis poète. Alors, ses conseils à un jeune poète sont aussi valables pour moi, j'imagine.

— Tu es poète ?

— Un autre piège à filles, dis-je en souriant. J'en ai une tonne.

Elle se lève et me tend mon livre.

— Comment est-ce que tu es devenu poète ? C'est assez rare à notre âge… non ? fait-elle, intriguée.

— Pour être honnête, je suis devenu poète sans le savoir… Depuis que je sais écrire, j'aime bien aligner les mots, les transformer en jolies phrases, accorder la musique, harmoniser les sons entre eux. Tu vois la musique, le tempo d'une phrase ?

Elle secoue la tête.

— Et un jour, je devais avoir dix ans, je crois… Jean – un ami – s'est penché sur un de mes textes en s'exclamant : « Mais Archie, t'es un poète ! » Voilà comment j'ai su.

— Pourtant, tu ne parles pas comme un poète…

— J'ai appris à me mettre au niveau des autres, dis-je en riant.

Elle rit aussi. Le soleil couchant de ce début de soirée fait de nous des surfeurs à la peau hâlée, blaguant dans la lumière dorée. Ma vie ressemble soudain à celle des ados cool des séries américaines.

— J'ai toujours envié ceux qui ont une passion. Comme toi, Archie.

D'un geste, elle ouvre le paquet et glisse le contenu dans l'eau frémissante.

— Et tes poèmes, on peut les lire ?

Je me tourne vers la mer qui est maintenant teintée de rose et d'orange, miroir d'un ciel en feu.

— Oui.

— Tu dis oui en secouant la tête, ça veut dire quoi ?

Je souris.

— Je crois que ça veut dire oui.

Je sors un carnet de mon sac.

— Tu préfères un poème optimiste ou pas ?

— Comme tu veux !

— D'accord. Alors, je peux te lire le poème que j'ai écrit sur ma mère. Elle aime bien mes poèmes, dis-je comme si c'était une révélation.

Mathilde se redresse. Elle a posé les mains sur ses genoux et, dans le crépuscule, elle est encore plus belle. J'essaie de ne pas me laisser intimider. J'aimerais ne pas buter sur les mots, ne pas devoir me reprendre, offrir à mon texte la fluidité qui en ferait peut-être un poème passable.

Ton ventre, mon départ dans la vie
Personne ne le choisit
Personne ne connaît le destin qu'il contient
Ce chemin tracé par une maternité unique

Un mélange d'héritage et de compétences
Le chant d'une enfance abîmée
La somme de tout ce qui précède
La façon dont une femme le transforme

Arc-en-ciel d'un passé maîtrisé
Qui colore pourtant le présent
Quel est ce secret que tu tais ?
Quelle est ton histoire Maman ?

20

Carnet d'Archie

Il m'a fallu relire trois fois cette grille d'évaluation pour l'assimiler au moins en partie. Elle reprend une liste d'attitudes qui toutes ensemble représentent une maternité équilibrée. Valable donc. Je lis et relis la liste, impressionnée qu'il soit possible de construire une forme de définition dans un domaine où la diversité est reine.

Qui a bien pu imaginer un tel concept? Comment décider que la liste est complète, exacte, pertinente? Je détaille les attitudes et imagine une tablée majoritairement masculine débattre de cette maternité suffisamment bonne pour être accordée. Je sais, je suis mauvaise, mais le principe m'agace. Même si c'est la meilleure solution dont nous disposons.

Je relis encore la grille. Comme mon esprit rechigne à mémoriser, je me concentre sur les caractéristiques qui résonnent en moi. Celles que j'aurais pu écrire si je m'étais pliée à l'exercice.

— La mère a exprimé son angoisse quant à la façon dont son bébé réagissait.

— La mère a posé des questions relatives aux apports nutritifs de l'enfant.

— La mère a pris son enfant dans les bras.

— La mère a regardé son enfant dans les yeux.

— La mère a exprimé sa difficulté face au manque de sommeil (en cas de nuits difficiles).

— La mère a demandé de l'aide.

— La mère se nourrit correctement.

— Quand le bébé pleure, la mère se questionne sur la signification des pleurs.

— Quand le bébé pleure, la mère tente de le consoler.

Lorsque j'entre dans ta chambre ce matin, tu dors paisiblement. Ta mère a revêtu un legging et un simple T-shirt. Ses jambes fines et ses bras minces ne sont pas ceux d'une mère qui vient d'accoucher. Si j'y réfléchis, même dans le hall des urgences, affalée sur son banc, elle n'affichait pas les rondeurs propres à la grossesse. Celles qui transforment un visage, gouvernent la courbe des membres, parfois aussi l'épaisseur des doigts.

Elle est assise dans son lit. Je la salue. Comme tous les matins, nous rejouons ce monologue creux. Je lui demande comment elle va et elle me répond à côté. Elle me lance un « bien » alors que tout son corps crie le contraire.

Nous sursautons. Tu viens de gémir. Habituellement, tu ne fais aucun bruit. Nous nous regardons toutes les deux comme si l'espace d'un instant, cette situation nouvelle nous ôtait nos réflexes, ceux de la mère autant que ceux de l'infirmière.

Tu gémis encore. Nous restons immobiles. Sans doute qu'avec le bébé silencieux que tu as été depuis la mise en place de ton traitement, la définition de nos rôles n'est pas encore claire. Qui de l'infirmière expérimentée ou de la jeune mère doit réconforter ? Qui est la plus apte ? Ta mère semble attendre que je bouge. J'essaie de ne rien faire pour qu'elle prenne l'initiative. Pour que je puisse cocher une case sur cette liste un peu longue.

Son regard passe de toi qui te plains encore à mes mains qui demeurent le long de mon corps.

Puis, ta mère prononce deux mots qui me crèvent le cœur.

— Je peux ?

Comme je ne réponds pas tout de suite, elle répète, une urgence dans les yeux.

— Je peux ?

— Oui, bien sûr, allez-y, dis-je en m'approchant du berceau. Voulez-vous que je vous le donne ?

— Non merci, je vais le prendre moi-même.

Dans son ton, je perçois une possessivité qui me plaît.

Ta mère se lève en s'appuyant sur le matelas, signe que quelques souffrances subsistent. Je me demande pourquoi elle ne se plaint pas. Elle passe ses mains sous tes épaules tout en maintenant ta tête. Elle s'applique, tente de reproduire avec précision les gestes que je lui ai montrés. Elle est maintenant debout avec toi dans les bras. Pieds nus sur le balatum frais. Elle regarde le lit, la chaise, cherche sans doute ce qu'une bonne mère ferait.

— Je peux le tenir pendant que vous vous installez sur votre lit ? Si vous mettez une chemise, je pourrai le poser en peau à peau ? Cela leur fait toujours du bien lorsqu'ils sont plaintifs.

Ta mère affiche une moue qui me fait instantanément regretter mes paroles. Je l'ai privée d'avoir toutes ces bonnes idées pour toi. Je la contrains au rôle de simple exécutante.

Elle se plie néanmoins au jeu, me tend son bébé, ôte son T-shirt pour enfiler une vieille chemise froissée qu'elle trouve dans le sac des dons. Elle ne peut s'empêcher de renifler ce linge qu'elle n'a pas pu laver, fronce le nez puis s'assied en tailleur, le dos bien droit appuyé contre l'oreiller.

— Je vous laisse le mettre en body pour qu'il n'ait pas trop chaud ?

Ça y est, ça me reprend.

— Enfin… Vous saurez mieux que moi comment le vêtir pour le peau-à-peau…

— Je vais le mettre juste en lange…

Son intonation est imprécise. Je pourrais y entendre une question. Elle a levé la tête et planté son regard dans le mien. Ses yeux mendient mon approbation.

— Excellente idée ! C'est vrai, c'est beaucoup mieux pour Archie de sentir la peau de sa maman contre son ventre.

Elle acquiesce, le visage plus détendu. Ta mère se penche sur toi et j'hésite à vous laisser tous les deux. Si je reste, je pourrai sans doute cocher plus de cases dans cette foutue grille. Là, ta mère te regarde dans les yeux. Elle chuchote quelques mots. D'une main légère, elle caresse ta joue rebondie. Avec douceur, elle déboutonne ton pyjama, t'ôte toutes les couches pour découvrir ta peau rose. Elle passe ses mains sur ton corps et s'émerveille comme les autres mamans. Elle te prend et te dispose ventre contre ventre. Tu ne gémis plus.

Pour la première fois, je te vois même porter la main à la bouche, la sucer mollement. J'inscris ce geste dans le rapport au pédiatre chargé de ton traitement. Ta mère se raidit. Elle pense que je l'évalue. Les bruits de couloir se propagent à une vitesse vertigineuse dans notre microcosme.

— Je note qu'Archie a mis son poing dans la bouche, c'est un bon signe, dis-je pour la rassurer.

Elle baisse les yeux, te remonte un peu pour t'embrasser. Elle resserre ses bras autour de toi mais ses épaules restent hautes, contractées, comme si ce câlin n'était qu'à ton attention. Elle reste vigilante, prête au combat. J'hésite à attirer son attention sur sa posture mais j'ai excédé mon quota de conseils. Et puis, dans ma bouche, ils prennent inévitablement la forme d'un reproche.

Je suis toujours debout à côté du lit. Intruse, juge, responsable de ton destin. Je me demande si c'est la meilleure place pour moi. Si, dans notre équipe d'infirmiers, il ne devrait pas y avoir au moins une personne qui ne participe pas à cette évaluation. En vous regardant tous les deux fondre dans cette intimité nouvelle, j'ai une envie soudaine. Je voudrais m'asseoir sur le lit de ta mère, poser une main sur la sienne et lui proposer de me raconter. Comment elle en est arrivée là.

Un instant, mon corps semble basculer vers cette possibilité. Mais quelque chose me retient. Et je sais que cette distance, conforme à la procédure mais loin des humains, va compter. Pour elle, pour toi, pour votre histoire.

21

L'angoisse est revenue. Elle me vrille le ventre depuis cinq heures ce matin. Je me suis levé immédiatement. Je n'ai pas attendu qu'elle se dissipe, les mains posées sur le ventre, comme j'essayais de le faire autrefois. Je n'ai pas tenté de respirer, avec lenteur et concentration. Face à la salope, je dois être debout. Pas allongé, enroulé dans mon sac de couchage. Je dois lui faire face de la même façon que je le ferais avec un lion car l'angoisse est une bête sauvage. Elle bondit lorsque je ne l'attends pas, me domine, me terrasse. Si elle me plaque au sol, je dois me relever. C'est la première étape. Quelle que soit l'heure.

Le jour pointe en une lueur étrange, faite d'une nuit qui se retire à regret, d'un soleil indécis, d'une brume qui mélange les teintes. J'écris un mot à l'attention de Mathilde, expliquant que je suis parti faire un tour et reviendrai vers huit heures.

Ce sont les muscles à l'arrière de mes jambes qui m'ont réveillé. Ils annoncent toujours son retour. Ils me donnent l'impression d'avoir couru toute la nuit, s'expriment en une douleur sourde qui en appelle une autre, plus haut, au creux de mon ventre, coup de poing qui revient sans cesse. J'ai peur de tout, de rien. D'être seul. De ne pas savoir comment ne plus l'être.

Avec la terreur viennent les images. Je scrute l'horizon pour me distraire. Je veux penser à autre chose mais elles s'imposent. Aujourd'hui, c'est un bébé.

Je descends du terrain plat où j'ai établi mon campement et rejoins le sentier. Le bébé collé à ma rétine, j'avance sur l'étroit chemin. À cette heure-ci, il est désert. La poussière se soulève, vient noircir mes bottines de marche. Depuis hier, ma cheville gauche me paraît moins solide. Le corps fatigue par endroits, la marche le charrie, l'oblige à se dresser en une masse décidée, équilibrée. Tout ce que je ne suis pas. Peut-être est-ce ma façon d'attaquer cette route ? Peut-être ai-je toujours vécu penché, pas calé sur mon centre, pas normal quoi ? Cela me ressemble. Une tour de Pise faite homme. Un truc prêt à s'effondrer mais qui tient malgré tout. Je tiens, on n'a jamais compris comment, ni pourquoi. C'est inscrit dans mon dossier. Ces quelques mots que je déchiffre à l'envers, faisant mine d'écouter l'assistante sociale : *enfant particulièrement résilient.* Une vraie publicité pour allécher les familles d'accueil. En gros, cela veut dire que j'en ai vraiment bavé mais que je suis toujours debout. Je suis une bombe à retardement. Pourtant, ce n'est pas parce que je continue de respirer, de me lever le matin, de manger, de faire ce que l'on attend de moi que je suis résilient. Je le fais parce que je suis paumé. Je suis une ligne de conduite, la leur, parce qu'en moi, c'est le silence. J'existe parce que je ne sais pas quoi faire d'autre. Je suis résilient par défaut.

Le bébé revient, mon ventre se tend. Je ne veux pas le voir. Il a froid. Il se recroqueville sur lui-même en quête d'une chaleur qui ne vient pas.

Parce que le bébé reste là, entre moi et le paysage, je me décide à tendre une main. Elle pénètre ce champ qui nous sépare, traverse cet espace où la réalité touche au rêve. J'ai peur de poser ma main sur lui, d'être blessé par la solitude qui s'exprime dans sa peau qui bleuit. Je ne supporte pas la tristesse, la colère, la peur, et elles m'assaillent toutes à la fois. L'angoisse se retire et leur laisse la place. Le mal-être grandit. Alors j'accélère le pas, mon pied se pose sur le sol avec une rage renouvelée, mes poings se crispent, mon corps ploie sous son ombre. Je ne peux que marcher. Marcher est ma solution.

22

Carnet d'Archie

J'attends debout à côté de ton lit. Les médecins ont décidé de diminuer la dose de méthadone.

Nos observations sur ton état sont transcrites dans ton dossier, chaque point comptabilisé selon une grille de comportement. Le score décide du traitement. Alors que la succion excessive, les cris aigus non continus et les marbrures n'influencent que de peu le total, les trémulations importantes et spontanées l'impactent immédiatement. Lorsque les membres du bébé bougent en tous sens, lorsqu'il semble impossible pour lui de se contenir, que tout son corps se désorganise, le sevrage atteint ses limites. La souffrance est trop grande et commande que la méthadone soit à nouveau augmentée. Nous progressons de cette façon, par avancée ou régression. Chaque sevrage est unique, fonction des capacités d'un corps à s'adapter à une nouvelle chimie.

Depuis quelques jours, nos rapports mentionnent un bébé apathique et peu de phases d'éveil. Ils exigent une modification du traitement. La dose de méthadone va être réduite.

Je connais ce qui nous attend. Je l'ai vécu avec d'autres bébés. La première fois que j'ai assisté à un sevrage, j'étais infirmière depuis trois mois. J'étais jeune, solide, dure même. Mais le processus a eu raison de moi. Je me suis évanouie. D'un bloc, je me suis écroulée sur moi-même, à l'endroit même où quelques secondes plus tôt mes pieds étaient bien à plat sur le sol.

L'on ne sort pas indemne de ce que tu t'apprêtes à vivre. Je crois qu'à cet âge précoce où l'on ne peut que subir, appeler à l'aide en hurlant sans mot, cela s'ancre durablement. Et qu'un jour, cette douleur tatouée dans la chair peut revenir nous dominer. Sous la forme d'une tristesse qui s'attarde, d'une peur qui nous prend, d'une émotion qui nous empêche de poursuivre notre quotidien. C'est pour cette raison que je te raconte ici ce que je préférerais que tu ne saches jamais. Parce que la conscience apporte la lumière qui transforme la souffrance. Parce que je suis convaincue qu'on ne traverse pas une épreuve pareille sans acquérir une force profonde, de celles qui nous permettent, une fois adulte, de regarder la douleur et d'en faire autre chose.

Lorsque je te berce, je t'imagine souvent à cet âge des grands rêves. Tu es devant moi, fier du haut de tes seize ans. Cette vision me nourrit, elle offre une cohérence bien nécessaire à tout ce qui se trame ici : ta mère qui se débat, l'équipe qui l'évalue, toi qui souffres, moi qui essaie. Soudain, avec tes seize ans, nous semblons tous avancer vers un même but. Porter un enfant vers ses possibles.

Ce matin, à côté de ton berceau, la vision de tes seize ans ne suffit pas. Ta mère dort paisiblement. Tu as bougé, signe que les choses se gâtent pour toi. Le combat commence. Je passe mes mains sous ta tête et tes fesses et, le plus délicatement possible, je te place contre moi. Ventre contre ventre, chaleur contre chaleur, émotions contre émotions, petit corps mou abandonné tel celui d'une poupée. Je vérifie que l'écharpe est bien nouée, que tu es disposé de la façon la plus confortable.

Je rejoins le bureau des infirmières. Je propose de faire le tour des chambres. Avec toi en écharpe, je peux changer les langes, répondre aux questions, prendre les constantes, administrer un traitement. J'espère que le mouvement et la marche t'apaiseront.

— Quoi, t'es avec le tox ?

Cent fois j'ai entendu ce mot. Tox. Un surnom attribué aux nourrissons qui naissent drogués. Abréviation mignonne pour « toxicomane », produit de la violence de notre métier, vaine tentative de mettre le drame à distance, dans une petite boîte, dans trois lettres. Tox. Tox, ça semble même sympa, relax, un truc loin des hurlements qui déchirent le ventre.

Jusqu'ici, moi aussi, je disais tox. C'était plus facile de parler comme ça. Avec la légèreté dont nous avons tous besoin. Mais maintenant, il y a toi contre moi. Il y a ton corps qui, depuis quelques minutes, ne cesse de remuer pour tenter d'échapper à la douleur. La peau, le ventre, la tête, le mal n'épargne rien.

— C'est le tox, Madeleine ? me demande à nouveau Gina.

— Il s'appelle Archie.

Mes collègues ne réagissent pas.

— Archie n'a jamais pris de drogue volontairement. Il n'est ni un tox ni un toxicomane.

Ma remarque ne semble pas soulever de débat. L'équipe, en fin de garde dans une unité débordée, est fatiguée. Une à une, mes collègues s'éloignent du bureau pour poursuivre leur travail. Elles ne contestent pas, elles n'entendent peut-être même pas vraiment. Après tout, il nous arrive à toutes de péter un câble, d'aimer un enfant plus qu'un autre, de vouloir changer la façon dont le monde tourne ici. Sans doute classent-elles ma révolte dans un de ces registres faciles.

Il y a mon énervement, il y a toutes les questions qu'il suscite, et puis, il y a ton premier cri.

Jusqu'ici, j'avais peu entendu ta voix. La première image qui me vient est la violence que constitue ce hurlement sur les cordes vocales d'un bébé silencieux. Le cri ne s'éteint pas, il persévère, monte dans les aigus, se prolonge malgré mes mains sur toi. Il s'efface un instant, tu reprends ton souffle et, avec la même puissance, tu hurles de nouveau. J'accélère le pas. Comme je ne peux plus entrer dans les chambres, je fais des allers-retours dans le couloir. Tu te débats et tu hurles. Un corps qui lutte, un corps qui se perd face au manque. Chacun de mes gestes t'agresse. Une fine pellicule de transpiration a recouvert ta peau. Je répète ce mot creux. Pardon. Il donne à notre situation inconcevable les contours de la normalité. Je te murmure une berceuse, tentative vaine avec tes cris. Mes mains cherchent à contenir tes membres qui s'agitent désespérément. Elles me font l'effet de brûler ta peau car tu rugis de plus belle. Ta main droite, agrippée au col de ma blouse d'infirmière, blanchit sous la pression. Tu t'accroches, tu veux fuir.

À cet instant précis, je voudrais me fondre en toi, caresser de l'intérieur cette peau qui hurle, calmer tout ce qui semble en feu, ces trémulations terribles, capables de faire transpirer comme un bœuf un nouveau-né.

Je ne l'entends pas tout de suite, alors elle répète :

— Donnez-moi mon bébé !

Je me retourne. Ta mère est debout, pieds nus, cheveux lâchés et, l'espace d'une seconde, je suis sidérée par sa beauté. Elle tend les bras vers moi et insiste.

— Donnez-moi Archie. Je vais le consoler.

— Vous ne comprenez pas… Il n'est pas triste, dis-je un peu stupidement.

— Si, je comprends très bien.

Elle avance vers moi et je ne peux réprimer un mouvement de recul.

— J'ai l'habitude de m'occuper de… Je sais quoi faire, dis-je en resserrant mes bras autour de toi.

— C'est à moi de le soigner. Je ne suis peut-être pas la mère que vous voulez pour lui mais c'est moi. Sa mère. Alors rendez-moi mon fils, exige-t-elle.

À regret, je m'approche de ta mère et évalue rapidement son état. Elle semble solide sur ses deux jambes. Je choisis la sécurité.

— Je vais vous le donner mais il est trop agité. Il vaut mieux faire cela au-dessus de votre lit.

Elle fronce les sourcils. Elle veut dire quelque chose mais se résout à rejoindre sa chambre. Une fois ta mère installée sur son lit, je dénoue l'écharpe et te libère. Tes hurlements redoublent, chaque manipulation est un nouveau coup de couteau. Ta mère te prend sous les aisselles et te glisse par le col de son T-shirt. Ton corps forme maintenant des bosses mouvantes sous le coton blanc. Tu te débats et la peau tiède de ta mère n'y pourra rien.

— Je trouve qu'Archie réagit fort au sevrage. Je vais aller voir le médecin pour demander si on ne peut pas augmenter les médicaments, dis-je.

Ta mère a levé les yeux vers moi. Elle me supplie du regard.

— Je vais d'abord vous installer tous les deux un peu mieux. Dans les moments plus difficiles, ce qui aide, c'est de contenir le bébé comme on peut.

Ta mère acquiesce, le visage soudain pâle.

— C'est moi qui ai fait tout ça.

— Ce qu'il faut maintenant, c'est être là pour Archie, dis-je sur un ton plus dur que nécessaire.

Son visage se ferme, elle baisse la tête. Je tente de ravaler ma colère. De ne pas en vouloir à ta mère d'être là où elle est, de ne pas la condamner avant même de l'avoir entendue. J'aimerais faire tout cela mais la volonté a ses limites. Mes gestes manquent de douceur.

Tes cris me tendent. Je m'efforce de te placer mieux sur elle. J'aide ta mère à se redresser. Dans son dos, je dispose deux coussins. Je lui explique qu'il faut qu'elle soit confortable car, si par miracle tu t'endors, il ne faudra pas bouger au risque de te réveiller. Je lui dis des évidences avec mon petit ton de celle qui sait tout.

J'essaie de capter son regard mais elle ne répond plus. Elle demeure tête baissée lorsque je l'enroule d'une écharpe pour t'emmailloter contre elle. Elle se laisse faire comme une petite fille en faute, comme un pantin qui va rechuter, comme une femme qui ne décide pas.

Ta mère doit retrouver son pouvoir et je lui enlève ce qui lui restait encore quelques minutes plus tôt, lorsque dans ce couloir, sa beauté m'a figée. Cette histoire me montre combien l'on peut être double, une intention dans un sens et des gestes dans l'autre. Je suis double comme ta mère. Deux femmes en miroir, deux femmes qui voudraient faire mieux.

— Vous allez appeler le médecin pour qu'il augmente la dose ? demande ta mère d'une voix suppliante.

— J'y vais tout de suite, dis-je en m'écartant du lit.

Lorsque je passe le seuil de votre chambre, je lance un dernier regard à ta mère. Ses lèvres bougent, elle semble te murmurer quelque chose. Elle a fermé les yeux, plaqué ses deux bras sur ton corps agité et pose maintenant un baiser dans tes cheveux. Un instant, vous n'êtes plus des toxs, un instant, vous ressemblez à tous ces êtres qui se cherchent, qui se découvrent, ces milliers d'alliances nouvelles, issues d'une maternité qui se dessine. Ta mère est une mère, et toi, tu es juste un bébé.

C'est de cette façon que je devrais toujours vous regarder. L'amour commence là, en espérant pour l'autre tout ce dont il n'est pas encore capable. En voyant chez lui plus grand, plus beau que ce qu'il estime mériter. C'est aussi la seule manière de te sauver toi. Je devrais faire tout cela mais une part de moi se révolte. Elle hurle qu'aucune mère ne devrait nuire à son enfant.

Je t'avais prévenu que ce récit serait teinté de mon histoire. Les existences ne se croisent pas par hasard. Je dois apprendre mais je ne sais pas comment.

23

Mathilde marche devant moi. Sa cadence n'est pas plus rapide que la mienne mais, sur ces chemins étroits, avancer côte à côte est compliqué. Sa silhouette efface ma solitude. Elle m'inspire de jolis mots, ils s'alignent sur ce tableau bleu, le ciel qui fond dans la mer, la mer qui embrasse le ciel. Je tente de les mémoriser pour les écrire plus tard. Je les répète tout bas comme un mantra terrible, enivrant. Ici, mes poèmes semblent tous justes. La beauté d'un lieu a souvent cet effet-là. Embellir le reste, offrir une réalité augmentée, inscrire les moments dans l'éternité.

Mon corps confirme que je suis devenu un vrai marcheur. Ma nouvelle musculature rend ma démarche plus souple. Mes pieds se meuvent avec agilité, se repositionnent lorsqu'une pierre fait obstacle. Ils sont à la fois plus stables et plus flexibles, ils ont appris à surfer sur la ligne de mon sentier. Mathilde a noué ses cheveux en une queue-de-cheval qui rebondit sur son sac à dos à chacun de ses pas. Nos heures ne sont ponctuées que par ces distractions légères, des cheveux dans le vent, un oiseau qui nous survole, une voix qui appelle au loin.

J'ai besoin de ce silence qui n'exige aucun effort. Je ne dois pas m'ajuster à l'autre, réfléchir à la meilleure façon de réagir pour sembler normal. Mon obsession. La norme, l'ordinaire. Un rêve pourtant lointain maintenant que je suis sur ce chemin. L'enfant d'une toxico qui fugue de son institution pour rejoindre à pied une école démocratique. Je crois que pour la normalité, c'est grillé.

Ce soir, nous mangeons en échangeant à peine quelques mots. Mathilde paraît fatiguée, ailleurs. Le repas terminé, elle s'allonge sous sa tente et me souhaite une bonne nuit. Je remets du bois sur le feu et m'assieds pour lire le carnet de Madeleine. Je me limite à quelques pages pour qu'il m'accompagne tout au long de mon voyage et le ferme à regret.

Comme je n'arrive pas à dormir, je regarde une nouvelle vidéo. Le directeur d'une école démocratique s'exprime d'une voix grave. Ce qu'il raconte m'intrigue. La troisième de couverture du carnet de Madeleine est vierge. Les mots de cet homme me paraissent avoir leur place là, comme la suite de l'histoire de ma vie. Après l'hôpital, ma mère et l'institution. Je lance la vidéo plusieurs fois et appuie sur pause pour recopier le passage qui m'intéresse : *Il est difficile de dire, entre l'adulte et l'enfant, qui est le maître. L'enseignement est un flux à double sens, il transforme ceux qui partagent un temps ensemble. C'est là que réside la véritable école, dans un lieu qui ne connaît pas les rôles. Dans un espace où il n'y a pas l'adulte qui sait et l'enfant qui ignore. Là où l'on est convaincu que chacun dispose d'un savoir précieux. Là où l'on regarde l'enfant autrement. Un peu comme un dieu, une lumière qui enchante, une nouvelle énergie.*

Ces mots me font penser à ma mère, à ce que pourrait être notre vie à deux. Aux rôles qu'il faut maintenant abandonner. Je m'endors en songeant à ses bras minces autour de moi, à la façon dont ils m'enlacent sans me serrer, comme si elle voulait me laisser libre de partir à tout instant, comme si ce fils contre elle, elle n'y avait pas vraiment droit.

24

Carnet d'Archie

Lorsque j'entre dans ta chambre, tu es endormi paisiblement comme aux premiers jours. Dans le dossier, il est inscrit que « la mère a tenu son bébé contre elle toute la nuit ». Dans ta grille d'évaluation, ton score a grimpé. Dans celle de ta mère, elle a gagné quelques points.

Comme tu sembles serein, je m'occupe de mes autres patients. Je parcours les chambres, je change des langes, j'assiste dans leurs nouveaux rôles de jeunes parents, je les rassure, je répète cette routine qui me plaît, la plupart du temps.

Près d'une heure s'écoule avant que je ne repasse par ta chambre. Quand je franchis le seuil, la vision de toi contre le sein de ta mère me fige.

— Mais vous ne pouvez pas l'allaiter !

Sans le vouloir, j'ai parlé fort. Ta mère sursaute. Tout à toi, elle ne m'avait pas entendue entrer. Sur son visage, je lis le combat de votre nuit. Les heures sans dormir, les traits creusés par l'angoisse.

— Vous ne pouvez pas l'allaiter.

Ta mère baisse les yeux sur toi qui suçote distraitement son sein comme le font les nourrissons qui s'endorment pendant la tétée. Comme elle ne bouge pas, j'insiste.

— Rien n'a été mis en place. Vous ne pouvez pas l'allaiter si nous n'avons pas la garantie que vous ne prenez plus rien. Vous voyez ce que traverse votre enfant !

Ta mère resserre ses bras autour de toi. Lorsqu'elle me regarde à nouveau, il y a une haine dans ses yeux.

— Je ne suis pas idiote. Ça peut vous paraître inimaginable mais j'aime mon fils. Je regrette ce que j'ai fait. Je veux me battre pour lui. Je n'ai rien pris depuis l'accouchement. Mon lait est valable. Archie en a besoin.

Sa réponse me paralyse. Je répète bêtement parce que je suis perdue.

— Rien n'a été discuté.

Comme si tu pouvais comprendre, tu as lâché le sein de ta mère et ta bouche entrouverte est perlée de lait. Un moment, tu remues. Ta tête bouge en quête de ce qu'il te manque et, éludant les conflits qui animent les adultes, tu colles ta bouche au sein gonflé de ta mère.

J'essaie de respirer profondément pour retrouver la distance nécessaire. C'est moi qui ai prodigué les derniers soins à ton frère, c'est moi qui t'accompagne depuis ton premier jour ici. Tout cela laisse des traces. Je ne suis pas la même femme qu'une semaine auparavant. Ton histoire me transforme, me rend inégale.

— Nous vous avons informée que l'allaitement doit être organisé en concertation avec l'équipe médicale. C'est la procédure lorsque la mère… enfin… dans votre cas.

— Vous pouvez le dire. Avec une mère toxico.

Son visage fatigué est maintenant envahi par la tristesse.

— Bien.

C'est tout ce que ta mère ajoute. Puis, avec douceur, elle se penche sur toi.

— Mon petit chéri, petit glouton, le repas est terminé.

Elle glisse délicatement un doigt dans ta bouche pour extraire son téton. Tu gémis comme si ce geste t'était désagréable. Tu remues encore la tête puis tu plonges dans un sommeil profond.

Ta mère reboutonne sa chemise à une main. Je la regarde faire, comme si elle pouvait encore brandir ce sein coupable et l'enfourner dans ta bouche.

Le pouvoir de ce carnet est étrange. Seules quelques heures séparent un souvenir de sa retranscription et, pourtant, cette respiration change tout. Quand je te relate mes paroles, mes actes, il m'arrive déjà de regretter. Alors, je t'offre ce récit troublé par une sagesse qui survient trop tard.

Je vous ai à peine quittés que je connais déjà l'issue de ce moment. L'impact de ma colère sur la sensibilité de ta mère. L'impact que la colère a sur toute jeune maman. Ta mère a courbé le dos au-dessus de toi, un bébé à protéger, une peau à toucher pour ne pas sombrer, son corps coquille inapte à préserver vos fragilités.

En franchissant le seuil de ta chambre, je sais qu'elle rechutera. Parce que je suis incapable de revenir vers elle, de m'asseoir sur son lit, de m'excuser, de la prendre dans mes bras.

Ma haine féroce des mères coupables règne en maître sur mon cœur. Ton histoire teintée de la mienne.

Pardon.

25

La lecture du carnet de Madeleine enrichit mes songes de mille détails, d'une histoire que je peux posséder désormais. Je suis un nourrisson, parqué dans son petit lit à la maternité. Dans une pièce au fond du couloir, ils discutent de mon avenir. Ils tentent de se faire une idée sur ma mère.

Muni de son dossier, le psychologue s'assied toujours sur la même chaise, près de la porte, comme s'il ne voulait pas tout à fait être ici. Il nous observe. Il attend de ma mère une tendresse mélangée à des réactions plus humaines, une pointe d'agacement, une petite déprime, de la fatigue, une lassitude, une crainte de ne pas être à la hauteur. Une mère, quoi. La mienne, qui est pourtant intelligente, n'a pas compris. Elle lui offre un comportement lisse, exemplaire, qu'elle imagine le meilleur pour me garder près d'elle.

Lorsqu'il est présent, ma mère se tient plus droite, comme si cette posture pouvait changer quelque chose à notre destin. Le psychologue le remarque aussi car il lui assure qu'il n'est pas là pour juger. Sauf que si. Sa mission est de déterminer si ma mère pourra me ramener avec elle à la fin de notre séjour à l'hôpital. Si, avec tout ce qu'elle a eu dans le sang, elle pourrait quand même être la mère de quelqu'un.

Chaque élément est soigneusement enregistré à charge ou à décharge. Là, ma mère vient de me sourire. Elle a posé une main sur ma tête, puis l'a effleurée avec délicatesse. Le psychologue s'est penché sur son écritoire et a griffonné quelques mots. Notre trio progresse ainsi au fil des heures, les caresses sont offertes par l'une, accueillies par l'autre et consignées par *eux*.

Ma mère y met du sien, le peu qu'elle connaît d'un amour qu'elle n'a sans doute jamais reçu. J'imagine ses cheveux qui chatouillent un instant mon front, ma main qui les attrape pour les porter à ma bouche, son visage ébloui, notre histoire encore intacte.

Sa volonté me touche. Je suis heureux de lire qu'un jour, elle a voulu me garder.

26

Carnet d'Archie

Ta mère se repose après une autre nuit de combats. Les derniers jours ont été difficiles. Mon corps est lourd, le tien aussi. Lorsque la vie est compliquée, sa part sombre semble nous engloutir tout entier pour ne plus nous lâcher. Pourtant, tout est temporaire. Toi aussi Archie, tu connaîtras autre chose que la peau qui brûle. Je voudrais te raconter tout cela mais les mots sont capricieux. Je suis en colère contre cette existence qui vous malmène, toi et ta mère.

J'enroule l'écharpe de portage autour de moi et te glisse dedans. Tu ne te réveilles pas. Je laisse sur la table de nuit un message à l'attention de ta mère, l'informant que je t'emmène un moment. Je quitte ta chambre, traverse ce service que tu connais bien et prends l'ascenseur pour me rendre au rez-de-chaussée. Je veux te faire découvrir quelque chose. Une sorte de tour de magie.

Lorsque l'ascenseur s'ouvre sur le couloir qui mène au grand hall, les premières notes nous parviennent déjà. Tu es toujours endormi contre moi. J'accélère le pas pour rejoindre l'atrium. Un piano à queue est au pied de l'escalier qui s'élève vers les étages. L'emplacement parfait pour que la musique enchante le ventre de notre hôpital. Quelques patients sont assis sur les fauteuils autour. Je m'approche et me poste au plus près de la source, à un mètre à peine du pianiste. Il me salue d'un sourire.

Ses doigts parcourent le piano avec une fluidité qui m'absorbe immédiatement. Je connais bien son répertoire, je viens souvent me réfugier ici. Il joue La Campalesson, *un de mes morceaux préférés. C'est une partition exigeante qui impose une rythmique impeccable et l'agilité d'un virtuose. Comme le morceau est très court, il le rejoue à trois reprises sans s'interrompre. Ses mains semblent voler sur le piano, ses doigts glissent, progressent et percutent les touches avec une douceur désarmante. La mélodie m'évoque le roulement des vagues, la nature qui éclôt après un long hiver, la vie qui persiste. L'espoir donc.*

Parfois, lorsque je l'écoute, je voudrais danser. Mais jamais je n'ose. Enfin, si. Là, avec toi contre moi, j'ai plus de courage. Je balance les hanches de gauche à droite. Je me dis que les gens ne vont pas me juger. Après tout, avec ce mouvement, je berce un enfant.

Après ma garde, mon corps est rouillé. Il bouge à côté, tout le contraire d'un métronome. Mais à cet instant précis, plus rien ne compte. Tu viens d'ouvrir les yeux et les lèves vers moi. Tu émerges de tes brumes et pourtant, tes paupières papillonnent à peine. Dans ton regard, la certitude d'un être qui lutte. J'effleure ta joue et tu me racontes encore.

Je me concentre sur ta chaleur et tout ce qu'elle libère en moi. Je te berce encore pour t'offrir ce voyage. Quelque chose de merveilleux, un chant qui nous caresse de l'intérieur, le meilleur d'un monde, celui que tu vas découvrir en grandissant.

27

Ce matin, je ne me lève pas tout de suite. J'ouvre ma tente sur l'étendue bleue et il me faut un instant pour déterminer la limite entre le ciel et la mer tant leurs teintes sont semblables. Sur la droite, j'aperçois le sentier et ce qu'il nous réserve aujourd'hui. Il prend de nombreux détours, s'avance dans l'eau puis recule se réfugier dans un bois, s'y cache un instant pour ressurgir et filer tout droit le long de la falaise. L'air est plus frais que la veille, l'été s'éloigne et le soleil aussi.

La tente de Mathilde est encore fermée. Il est rare qu'elle soit éveillée avant moi. Nous marchons ensemble depuis une dizaine de jours. Pour moi qui ai toujours vécu en meute à l'institution, le quotidien à deux me paraît presque silencieux. Quand on est nombreux, il y a toujours quelqu'un pour partager une idée, hurler une plainte, répéter une envie, murmure confus d'une foule qui se déplace en grappe.

Mathilde n'est bavarde que lorsqu'elle cuisine, le reste du temps, elle se concentre sur sa tâche : plier ses affaires, marcher, manger, dresser sa tente, lancer un feu. Je me suis habitué à sa silhouette qui se découpe sur mon paysage, à son pas presque sautillant, à ses pauses plus fréquentes que les miennes. Nos existences se sont liées dans une danse commune, elle combine nos quotidiens, les façonne pour qu'ils évoluent sans heurt.

Mathilde a ouvert sa tente et s'assied sur une pierre face à la mer. Elle ne m'adresse même pas un regard. C'est la même chose tous les matins. Pour une raison mystérieuse, nous avons choisi de nous ignorer avant le petit déjeuner. J'avoue que cette transition me va bien. Comme les autres jours, Mathilde est encore en pyjama, une sorte de jogging flanqué de grands cœurs rouges à paillettes, le genre de tenue que porterait une fille de six ans.

Ses cheveux sont emmêlés par le sommeil et sur sa joue, la trace de l'oreiller est encore imprimée. J'aime bien l'idée qu'elle ne s'apprête pas pour moi. Je ne connais pas grand-chose des filles de mon âge. J'en ai embrassé quelques-unes, fruit du hasard, d'une lassitude, d'un écart passager. Jamais deux bouches qui se rapprochent avec envie.

Mathilde fait chauffer l'eau pour le thé qu'elle se prépare chaque matin. J'ai déjà goûté cette boisson épicée qui retourne l'estomac, un truc qui me dépasse. Elle m'assure que c'est bon pour le teint, et c'est vrai que Mathilde est belle. Elle a toutes sortes de convictions mignonnes sur l'alimentation et la santé.

— Non, Archie, on ne peut pas penser n'importe comment !

Elle prononce cette phrase alors qu'elle est occupée au-dessus du feu.

— Euh… comment ? dis-je, un peu surpris qu'elle décide de rompre nos habitudes.

— N'importe comment ! Tu dois être un peu maître de ton discours intérieur, t'es pas d'accord ? Les gens n'ont aucune discipline ! ajoute-t-elle, visiblement irritée.

— Hein ? Maître de quoi ?

— De tes pensées ! C'est toi qui décides ce que tu penses, faut penser des trucs qui te font du bien !

Si seulement elle savait ce que me sert mon cerveau lorsque je suis seul, face à moi-même, sur ce chemin.

— J'ai parfois l'impression de partager cette randonnée avec un livre de développement personnel, dis-je, moqueur.

Elle rit.

— Sérieusement, pourquoi me parles-tu de cela, là, maintenant ?

— Ben parce qu'on passe notre journée à penser. Du coup, je trouvais cela important.

— Avant même notre petit déjeuner ?

Elle rit encore. Dans sa tasse, elle verse l'eau fumante qui saisit les épices pour en libérer le parfum. Elle la prend à deux mains et souffle doucement dessus pour la refroidir.

— Je pense que tu es belle.

La phrase est sortie toute seule. À force de contempler Mathilde répéter ces gestes simples.

— Merci.

Elle n'a pas tourné la tête. Elle se comporte comme si ma remarque ne changeait rien. Comme si sa beauté avait toujours été là et que j'avais seulement relevé une évidence.

— On marche combien de kilomètres aujourd'hui ? demande-t-elle, le regard plongé dans le bleu.

— Euh… comme d'habitude ?

— Je sais pas… J'ai l'impression que mon corps a un peu du mal… On pourrait peut-être marcher ce matin et se reposer sur une plage cette après-midi ?

Elle a prononcé ces derniers mots en m'adressant un sourire étrange. Il semble moins franc que les autres.

— Bonne idée, moi aussi, mon corps fatigue, dis-je galamment.

— Parfait ! On part dans dix minutes ?

Avant que je ne réponde, Mathilde engouffre une tartine et, tout en mangeant, se réfugie dans sa tente.

Il est treize heures lorsque nous arrivons sur la plage. Le sentier était plus escarpé que prévu. Il a fallu ralentir, réfléchir où poser le pied, tendre une main, toucher sa peau, un privilège que notre chemin ne nous avait pas offert jusqu'ici. Comme la plupart des plages en cette saison, celle-ci est déserte. Le soleil à la verticale compense la température un peu fraîche. Le sable blanc s'étend sur une centaine de mètres. La côte sauvage me donne l'impression d'atterrir sur une île. Mathilde laisse tomber son sac à ses pieds et me commande de me retourner. Elle ôte short, T-shirt et sous-vêtements pour enfiler son habituel bikini rose fluo. De dos, je perçois le frottement du tissu, lui attribue un geste, une parcelle de peau qui se dénude. J'imagine Mathilde nue dans le vent, ses seins pointer, caressés par les embruns, ses cheveux lâchés sur ses épaules.

— À toi !

Mathilde me tourne le dos à son tour pour que je puisse me changer. Je ne peux m'empêcher de m'attarder sur le dessin de ses omoplates, ses cheveux qu'elle a maintenant relevés en un chignon et dont quelques mèches frôlent sa peau, ses fesses dont la courbe est accentuée par la cambrure de son dos. Je me demande ce que Mathilde penserait de mon discours intérieur. Je souris lorsqu'elle me fait face à nouveau.

Mathilde s'élance vers l'eau. Ses longues jambes semblent à peine déstabilisées par le sable meuble sous ses pieds. Sa course paraît légère, facile. Elle vole. Elle a levé les mains vers le ciel et cette image me rappelle le rêve avec mon frère. Elle se tourne et me fait signe de la rejoindre.

Nous pénétrons lentement dans l'eau glacée. Mon corps surchauffé par la marche est parcouru d'un frisson. J'ignore quoi dire. Je voudrais qu'elle me regarde, prendre sa main, m'accoster à son corps étincelant. Mathilde brille dans la lumière du soleil, tourne sur elle-même en chantant, plonge et émerge, les cheveux plaqués vers l'arrière. Je n'ai jamais rien vu de si envoûtant. Je reste debout dans l'eau, les bras ballants. Elle s'immerge une nouvelle fois et attrape mes jambes pour me couler. Sous l'eau, j'ouvre les yeux. Elle est là. Un instant, j'ai l'impression qu'elle approche de mon visage mais, alors que nos bouches s'effleurent, elle remonte en flèche à la surface. Je l'imite. Je souris comme un con. Je suis heureux. Elle est toute proche. Je ne bouge pas. Je sens son souffle sur ma peau.

28

Carnet d'Archie

— Mon bébé a disparu !

Une voix provient du couloir.

— Paul ! Paul… Où… es-tu ?

L'agitation règne. Plusieurs mamans ont rejoint celle qui appelle à l'aide. Même de dos, je la reconnais tout de suite.

— Où est mon Paul ? hurle-t-elle encore.

Je m'approche du petit groupe et pose une main sur l'épaule de ta mère. Elle se retourne brusquement.

— Archie est ici.

— Oh, mon petit Paul… je croyais… que… que tu étais parti pour… toujours…

Je n'aime pas son phrasé, hésitant, lent, maladroit. Je l'aime aussi peu que les mots qu'elle choisit. Ce « toujours », ce « Paul » qui n'ont rien à voir avec nous.

— Venez avec moi. Allons dans votre chambre, dis-je en passant un bras dans son dos pour la guider.

Elle se laisse faire. Elle semble épuisée.

— Je peux m'asseoir ?

Sa tête s'incline lentement et je prends cela pour un oui.

— Qui est Paul ?

Elle est surprise par ma question puis, comme si les choses se mettaient lentement en place dans son esprit, elle soupire.

— Paul… Ce n'est pas Paul. C'est… Archie. Je ne sais pas pourquoi j'ai dit Paul.

— Vous connaissez quelqu'un qui s'appelle Paul ?

Ta mère ferme les yeux et me fait signe de ne pas insister. Je pose une main sur la sienne.

— Vous aviez raison… Je ne vais pas… pas y arriver. Je croyais mais… je suis toujours… moi, murmure-t-elle.

— Archie a besoin de vous, dis-je en détachant l'écharpe.

— Ce n'est pas une bonne idée… Je ne suis…

— Je vais rester près de vous. Retrouver l'odeur de sa maman lui fera du bien.

Je te libère de l'écharpe et te dépose dans les bras de ta mère.

— Je regrette ma réaction l'autre jour… lorsque vous allaitiez Archie… J'aurais pu tout aussi bien ouvrir le flacon pour vous et vous tendre le verre d'eau pour avaler… comment dire… vos trucs… vos crasses.

— Je… commence-t-elle sans avoir la force de poursuivre.

— Cela doit être dur d'avoir Archie ici…

Elle acquiesce.

— Il n'est pas trop tard pour devenir la mère que vous voudriez être…

Ta mère rit.

— C'est une phrase un peu bateau mais le principe est valable. Il n'est pas trop tard, dis-je avec conviction.

— Je ne sais pas si je peux y arriver. J'ai tellement voulu et…

Elle se penche sur toi. À l'extérieur de la chambre, la nuit règne sur notre service. Comme un organisme au repos, le silence domine, l'heure est aux soupirs. Je prends la main de ta mère dans la mienne.

D'une voix douce, ta mère murmure une berceuse qui semble d'un autre temps. Elle parle d'un frère, de la campagne, de départs. Avec le dos de sa main, elle caresse ton visage endormi. D'un doigt, elle dessine sur ta peau. Des fleurs, des soleils. Tu as l'air paisible.

— Je voudrais l'allaiter.

Cette phrase et toutes les images qu'elle suscite flottent maintenant devant nous. Une bouche, un sein, des peaux nues qui se lient.

— C'est important pour moi.

Les analyses de ta mère confirment qu'elle a tenu bon, que, depuis ta naissance, elle n'a rien pris. Notre service exige le respect d'une procédure pour combiner allaitement et sevrage. Mais, à cet instant, les règles ont l'air futiles.

Je me tourne vers elle. Comme je reste silencieuse, la seule façon de consentir à l'illicite, ta mère sourit. Je découvre la manière dont la joie transforme ses traits. Assise devant moi, c'est une autre femme qui déboutonne sa chemise. Elle se redresse maintenant, fière, belle. Tu attrapes son sein et le têtes avec détermination. Sous la peau, les mécanismes complexes s'actionnent, ils mobilisent une bouche, la plaque contre un sein, ils appellent le lait qui vient de loin. Il faut quelques minutes pour combler ces jours d'absence qui ont presque tari la source. Mais, ta mère et toi, vous êtes patients. Vos corps fusionnent, le lait fait route au milieu des crasses, quelque chose de bon coule enfin en toi. Un lien invisible se tisse. Indestructible et sauvage, comme vous deux.

Notre trio a muté. Une confiance naît, fragile mais réelle. Cet allaitement suscite en moi des sentiments mêlés. Une jalousie contenue par l'émerveillement. Je veux vous laisser. Je me lève mais elle retient ma main. Tu as lâché son sein et t'abandonnes contre sa poitrine, repu.

Dehors, le vent souffle. Je songe à ma petite maison dans les faubourgs, à la route que je devrais emprunter pour la rejoindre de nuit, au silence qui l'habite, à ma solitude là-bas.

— J'aimerais connaître votre histoire.

La phrase est sortie toute seule. Les premières minutes, ta mère ne répond rien. Je reste avec ma question qui change tout. C'est l'histoire des autres qui nous fait les aimer. C'est la somme de leurs tragédies qui explique la prison qu'ils se sont construite. Ils sont ce qu'ils étaient capables de devenir avec cette vie-là.

Lorsqu'elle commence son récit, il débute dans la tendre enfance, à cet âge où l'on est sans influence sur son monde. Alors que les premières images d'un passé lointain surgissent, je songe à cette impuissance. À combien elle forge autant qu'elle enferme. Avec une force inouïe, ta mère a lutté contre, jusqu'au jour où elle s'est imposée pour ne plus jamais la lâcher.

Quand ta mère achève son histoire, nous demeurons de longues minutes immobiles. Je voudrais te la raconter maintenant, l'écrire tant qu'elle est encore précise dans mon esprit. Mais alors que je m'assieds ce matin, seule à la table de ma cuisine, je ne trouve pas les mots.

Et pour la première fois, ta mère me manque.

29

> Et ceux qui dans la nuit s'unissent et s'enlacent dans les bercements de la volupté font œuvre sérieuse ; ils amassent douceurs, profondeur et force pour le chant de quelque poète à venir qui se lèvera pour dire d'indicibles délices.
>
> Rainer Maria Rilke, *Lettres à un jeune poète*

Je ne connais rien à l'amour. Alors, quand elle s'allonge dans ma tente à la lueur du soleil couchant, je reste debout. Mathilde ferme les yeux. Il faut que je la rejoigne, que je la déshabille, que j'aie tous ces gestes que je ne maîtrise pas. Une nouvelle fois, je voudrais être cet autre, normal, ordinaire. Pour être inclus, raccordé, pour ne pas être juste moi. Seul.

Je m'agenouille à côté d'elle. J'enlève mon pull et le plie afin d'en faire un coussin pour sa tête. Pour ne pas foirer, je me contente de choses simples. Je ne veux pas songer à ces prochaines minutes, à ce qu'elles exigent de moi, à ce qu'elles pourraient aussi m'accorder d'immense. La caresse d'une autre. Le pouvoir d'une peau contre la mienne.

Je me couche sur le dos et calque ma respiration sur la sienne, plus tranquille. Ma main cherche la sienne, s'y glisse, refuge dans la nuit de mon inexpérience. Nos doigts se lient et, paume contre paume, nous écoutons le silence. Cette tendresse m'est étrangère. Je pourrais rester des heures immobile à absorber tout ce qu'elle me souffle d'inédit.

L'on m'a si peu touché. La main de Jean sur mon épaule, parfois une embrassade rapide car masculine. Parce qu'avec les blessés que nous sommes, la chair est à vif. Il ne faut pas brusquer. Les enfants comme nous, c'est compliqué. Jean l'explique en ces termes aux stagiaires de passage. Il marque toujours une pause, comme si le mot *compliqué* pouvait se raconter de lui-même.

Alors l'enfant comme moi s'encourage. Je me redresse, m'appuie sur un coude et regarde Mathilde. Je lui avoue que je ne sais rien. Elle me répond qu'on sait rarement quelque chose. Elle prend ma main et la porte à son visage. Sa joue rosit au contact de ma paume. Je suis maintenant au-dessus d'elle. Nos lèvres se touchent. Mathilde m'attire à elle, m'embrasse avec sa bouche chaude. Je n'entends plus que nos souffles, j'essaie de rester concentré.

Les minutes qui suivent sont étranges. Elles possèdent le flou de la nuit, la vibration du soleil, le tremblement d'une existence. Je fais l'amour pour la première fois. Mathilde murmure toutes sortes de choses qui me donnent l'impression que je fais bien. Nous avons établi notre campement sur la plage. Le ressac, métronome pour nos corps nus, couvre presque l'appel des mouettes. Je cale mon rythme sur celui de la mer, me raconte que la nature est parfaite. Je tremble un peu. J'ouvre les yeux pour vérifier qu'elle sourit toujours, et elle sourit. Je répète son prénom, mantra enivrant. Il n'y a plus que notre danse intime. Nos bouches se découvrent encore, nos peaux s'enflamment, nos corps roulent sous le ciel de tissu. Les marcheurs parviennent à destination.

30

Carnet d'Archie

Depuis que la procédure d'évaluation de ta mère a été lancée, les clans s'affrontent sur ce qui est mieux pour toi. Les pauses déjeuner se font désormais en deux camps séparés. De toute ma carrière, je n'ai jamais vu cela.

Même si nous observons, analysons et reportons au groupe avec l'objectivité dont nous sommes capables, j'ai ce pressentiment terrible. Nous sommes mus par une illusion, celle de croire qu'une décision valable existe. Nous avons besoin de croire qu'elle est possible. Sinon, à quoi bon regarder une mère se débattre avec sa maternité et juger de son aptitude ?

Lorsque j'entre dans ta chambre en fin d'après-midi, tu es couché sur le lit de ta mère, endormi. Courbée au-dessus de toi, elle applique une lotion sur ton visage.

— Archie s'est griffé le visage cette nuit, dit-elle en levant la tête vers moi.

— Cela arrive souvent, même pour les bébés…

Je voudrais ajouter «normaux». J'ignore comment achever ma phrase sans heurter ta mère. Peu importe, absorbée par sa tâche, elle ne m'écoute pas vraiment.

— C'est fou le mal qu'on peut faire dans une vie, poursuit-elle.

— Comment vous sentez-vous aujourd'hui? dis-je parce que j'ignore quoi répondre d'autre.

— Tellement de fois, j'ai eu l'impression d'aller mieux et puis…

Elle soupire.

— J'aimerais… Mais quel genre de mère pourrais-je être pour Archie?

Elle se penche à nouveau sur toi.

— Avec mon histoire, franchement, quel genre de mère pourrais-je bien être?

Elle se redresse et me fixe, en attente d'une réponse. Je m'assieds face à elle.

— Je crois… que toutes les mères se posent ces questions-là. J'en vois défiler ici. Je pense que l'on se demande tous ce que l'on peut transmettre avec ce que l'on a reçu.

— J'ai ce manque qui me fait mal sans arrêt. Si je baisse la garde, si je ne lutte pas… Une fois sortie d'ici…

Ta mère fond en larmes avant de pouvoir achever sa phrase.

— Seule… dehors avec lui… et mon manque… je… Je ne veux jamais être séparée de lui mais, en même temps, j'ai peur de mal faire… J'ai peur pour Archie. Je ne suis pas idiote, je vois combien je suis surveillée. On ne surveille pas une mère qui tient la route…

— La plupart des mères doutent d'elles-mêmes au début et… avec votre situation… ce doute est encore amplifié…

— Franchement, Madeleine, est-ce que vous me confiriez votre enfant quelques heures?

Sa question me fige. Dans son regard, la colère a pris la place de la tristesse.

— Je… Je n'ai pas d'enfant…

Elle pose le coton imbibé sur la table de nuit et te soulève pour te prendre contre elle, ventre contre ventre.

— Je vais me reposer un peu.

Cette phrase signe la fin de la conversation. Je devrais affirmer à ta mère qu'elle peut y arriver, qu'elle va y arriver même. Ce que toute nouvelle mère a le droit d'entendre. Le problème avec toutes ces belles phrases, c'est que je n'y crois pas vraiment. Et je n'ai jamais su mentir. Il m'est impossible de regarder ta mère dans les yeux en lui servant ce genre de discours. Ta mère semble faite de la même étoffe. Deux vérités qui se font face. Alors, je propose la seule chose qui soit dans mes mains.

— Si vous sortez d'ici avec Archie, je veux vous aider.

Lorsque je prononce ces mots, je sais déjà que je voterai contre ton retour avec elle. Je ne peux pas faire autrement. À nouveau, cette foutue honnêteté qui mène à ces décisions étranges. Voter contre celle que l'on veut aider. Tenter d'aider celle contre qui l'on va voter. Essayer de choisir ce qui est juste quand rien n'est juste.

La meilleure façon de tout faire de travers.

Le vote sur ton dossier se fait à main levée. Le choix final appartient au psychologue mais j'ai besoin de croire que nous l'influençons, que ces heures passées à tes côtés nous donnent un savoir précieux, sans lequel il est impossible de décider de ton destin.

Ces dernières semaines, ton cas a souvent été débattu. La tension dans la salle était palpable à l'approche du debrief de ton dossier. Cela arrive lorsque le patient ne laisse personne indifférent.

Au début de ce carnet, je te parlais de la couleur que prend l'histoire des autres, toujours teintée de la nôtre. Dans notre salle de réunion exiguë, l'explosion de couleurs est manifeste. À croire qu'aucun de nous n'est capable de voir ton histoire telle qu'elle est. Ici, elle devient multiple, adopte les contours de celui qui la raconte, est façonnée par ses souffrances, ses espoirs en l'humanité. Ta mère aussi semble ne plus être une seule et même personne. Elle change d'allure selon qui la porte, au gré d'un discours, elle se fait plus douce, dans la bouche d'un autre, elle devient dragon et un instant, je l'imagine avec cette somme de traits, cadeaux de nos subjectivités.

Pourtant, elle mérite qu'on la voie vraiment. En cela, nous avons échoué. Notre quotidien en équipe réduite, notre société qui exige un rythme soutenu pour ceux qui assistent les malades, les budgets dont nous bénéficions, tout cela participe à la façon dont nous avons entouré ta mère. Sans pouvoir s'accorder ce silence qui seul permet d'entendre l'autre.

À l'heure du vote final, l'atmosphère est fébrile, les bras se croisent, les individus se séparent, prêts à lutter pour leur point de vue. Nous ne sommes plus une équipe. Le sujet nous touche trop. Les voix s'élèvent, les cœurs s'engagent, personne ne veut lâcher, tout le monde détient la vérité, la seule qui doit être entendue. Le ton monte, comme toujours lorsqu'il s'agit de vous deux.

On peut beaucoup apprendre en écoutant quelqu'un défendre corps et âme une position. Sous les mots d'adulte, les enfances se dessinent, heureuses ou moins chanceuses, les histoires de chacun prennent maintenant toute la place. Ceux qui ont souffert d'une mère ne peuvent te voir subir la tienne ou, au contraire, voteront pour combler ce manque. Tu sembles au cœur des discussions mais la réalité est tout autre. Nous nous projetons et ce sont nos besoins qui dominent. Nos croyances aussi. Dans la vie, tout est question d'héritage, mon Archie.

Et nos héritages choisissent aujourd'hui de te priver de cette mère que nous n'avons pas pris la peine de regarder.

31

Ce matin, je m'éclipse de la tente alors que Mathilde dort encore. Je veux marcher seul sur la plage. La musique me manque. J'emporte mon portable et mes écouteurs.

Dans une autre vie, j'ai été indien. C'est certain. Dès les premières notes de l'harmonium, à l'écoute de ces voix pleines d'espoir, chants rythmés par les percussions et les mains du public, mon corps se dresse et se détend tout à la fois. Je monte le volume. Mon pas se transforme. Il se fait sautillant, comme si je voulais danser et marcher sans pouvoir me décider. Ma colonne vertébrale paraît elle aussi partagée, droite telle une flèche vers les cieux mais dotée d'une souplesse nouvelle. Seul face à l'eau qui s'étend à perte de vue, une envie grandit, celle d'avancer en balançant les hanches, à la façon d'un danseur du ventre, bas-ventre vers l'avant, bras ouverts, exalté par ces chants anciens qui ne semblent jamais avoir de fin. Je regarde derrière moi et tout autour. La plage est déserte. Dans mes oreilles, le chanteur principal est rejoint par le groupe, le rythme s'accélère et mes bras vibrent de cette énergie qui gonfle la foule. Mes fesses se projettent vers l'avant, présentant fièrement mon bas-ventre, le secouant joyeusement tel un trophée, mes bras à l'horizontale s'éveillent au son de cette musique archaïque, mes mains sur ce fond bleu tournent sur elles-mêmes dans un mouvement spontané, lent, presque beau.

Mon corps se livre à une danse secrète, sauvage, une danse que je ne connais pas. Une danse de la joie. Je la poursuis en chantant moi-même n'importe quoi, le cri qui me vient, une phrase composée de sons dénués de sens mais qui, tous ensemble, racontent quelque chose d'important. J'avance maintenant à petits pas saccadés. Je bouge comme je n'ai jamais bougé. Je souris. Mes lèvres s'animent avec celles de mon ancien peuple, réminiscence de cette vie indienne passée, célébrant mon corps, la mer, ce chemin.

32

Carnet d'Archie

J'ai gardé le carnet. Lorsque les médecins ont décrété la fin de ton séjour ici, le sol a tremblé sous mes pieds. Étrangement, jusque-là, j'y avais peu songé. Le sevrage et la souffrance qui en découle ont aussi cet effet-là, celui d'ancrer dans le présent. Il n'y a que ce combat et les quelques victoires qui le constellent. Après ces heures avec toi, ton départ, cette séparation, le vide qu'elle laisserait m'ont paru irréels.

Alors, oui, je te le confesse mon cher Archie, quand l'assistante sociale, celle qui, le premier jour, m'avait chargée d'écrire quelques observations sur ta vie ici, m'a demandé le produit de ma mission, j'ai fait mine d'avoir oublié. Elle n'a pas eu l'air surprise. Je ne devais pas être la première. J'ai marmonné un «désolé» tout en tapotant du bout des doigts le carnet que j'avais glissé dans ma poche.

Ce n'était pas un acte réfléchi. Mon mensonge était un réflexe de protection, m'accrocher à tout prix à toi alors que mon monde vacillait. Conserver mes mots, tentatives désespérées de décrire un présent qui filait déjà. Le récit de ces journées devait te garder vivant. Mais aucune histoire ne matérialise un regard, une main qui s'accroche, une boule chaude contre son ventre.

Presque immédiatement, je me suis rassurée. Je ne te prenais rien. Ce carnet, je te le donnerais plus tard. Quand tu serais prêt. Tu sais les carabistouilles que l'on se sert les soirs de solitude. Plus tard, je ferai ci, plus tard, je ferai ça. Eh bien, moi, je me disais, plus tard, j'irai voir Archie pour vérifier qu'il va bien, qu'il pousse, qu'il devient conforme à tous ces rêves que j'ai pour lui. Malgré ta mère qui n'appartient qu'à moitié au monde des vivants, un pied ici, un pied là-bas. Une mort en sursis et qui dépend de la dose de crasse qu'elle avale. Une mort qui porte ta solitude en germe surtout.

La majorité de notre équipe avait voté contre ton départ avec ta mère. Mais, les psychologues en charge du dossier en avaient décidé autrement. Ils lui accordaient une autre chance. Tu quitterais l'hôpital avec elle.

Tant de fois je m'étais interrogée sur la meilleure issue. Tant de fois j'avais cru savoir, puis changé d'avis. Dans cette salle des urgences où j'avais trouvé ta mère, abandonnée de tous, j'avais eu envie de la prendre dans mes bras. Un sentiment qui s'était rapidement effacé. J'ignorais encore pourquoi elle était inconsciente et, déjà, je la jugeais. Je la blâmais parce que ton frère était mort, parce que tu naissais seul. Ma colère s'était muée en rage à la lecture des résultats suite à ton prélèvement. Puis, il avait fallu te perfuser. Il ne me restait plus une once d'empathie quand tu avais hurlé pour la première fois.

Et pourtant.

La détermination de ta mère à vous sauver m'avait touchée. Cette volonté avait ébranlé mes certitudes. Je ne savais plus trop quoi espérer pour votre couple insolite, deux êtres qui ont besoin l'un de l'autre. Une union bancale dont l'avenir dépendrait de son équilibre fragile.

C'est précisément dans ce moment de flottement que ta mère avait commencé à parler. Quelques mots d'abord. Une histoire ensuite. Le récit d'une existence qui me plongeait encore plus dans la perplexité. Sa vie, résumée en phrases pudiques, lisses, rangées comme celles qui auraient conté un parcours ordinaire, ne pouvait susciter qu'un même mouvement. Empathie et main tendue.

Et pourtant.

C'est cette connaissance intime d'une femme qui survit à tout qui m'avait poussée à voter contre elle. Parce que je n'imaginais pas que l'on puisse aimer après une telle enfance. Plus précisément, je ne croyais pas que l'on puisse s'aimer après ça. Et il faut s'aimer pour vivre.

Tu dois penser que je suis un monstre. Il faut sans doute l'être un peu pour être la confidente d'une mère et la minute d'après, plaider pour qu'on lui enlève son enfant.

33

Nous sommes allongés sous les étoiles. Le feu se meurt, Mathilde s'est blottie contre moi pour se réchauffer. Elle dort, la tête appuyée sur mon épaule. Hier soir, je suis devenu un homme. Je me répète cette phrase un peu bateau, une tournure digne de Jean. Je suis devenu un *homme*. Un mot étranger, dépourvu d'exemple. L'angoisse me prend. Je pense à ce père que je ne connais pas, à notre histoire qui prend fin.

Deux mois avant de partir sur ce chemin, l'assistante sociale me convoque dans son bureau.

— Je suis désolée, Archie. Ton père est mourant, annonce Camille.

— Mon père ?

— Je suis navrée. Il est très malade… Il n'en a plus pour longtemps.

Quelques secondes sont nécessaires pour assimiler l'information. Je tente d'abord de me rappeler ce type que j'ai croisé une fois ou l'autre entre deux portes. Un homme grand, sombre, excessivement mince, la tête toujours inclinée même lorsqu'il marche. Quand je suis près de lui, il me gratifie d'une tape sur l'épaule, d'un *bonjour petit* distrait. Sans doute sa vision de la paternité. Un homme que ma mère déteste. La seule personne que ma mère déteste d'ailleurs. Haïr exige une énergie qui lui fait défaut.

Mon père ne m'a jamais été utile que pour une chose : avoir une vague idée de l'homme auquel je pourrais ressembler physiquement, une fois adulte. Il est plutôt beau. Malgré sa maigreur, il a conservé un certain charme. Quand je regarde sa photo, celle où il pose dix ans plus tôt, je me surprends à penser que la génétique me sera favorable. Une idée à hurler de rire quand on sait que l'addiction se transmet peut-être comme la couleur des yeux.

— Ça va, Archie ?

C'est sa façon de signifier qu'elle manque de temps. Camille ramène son interlocuteur au débat, le sort de sa rêverie inutile.

— Il meurt de quoi ?

— Je crois que son corps a trop enduré.

— Son corps se venge donc.

— Malheureusement, tout devrait aller très vite, ajoute Camille.

— Ah.

Je me redresse sur ma chaise. Camille a baissé les yeux sur mon dossier et fait mine de le parcourir. Elle fait toujours cela quand il est question d'émotion. À se demander pourquoi elle a choisi ce métier.

— Archie…

Elle lève les yeux vers moi.

— Comment te sens-tu ?

Bingo ! Elle a entamé sa série de questions *pour gérer les émotions difficiles*. J'ai vu le document du ministère traîner sur son bureau.

— Euh…

— Oui ? demande-t-elle.

— J'aimerais être seul.

— Je comprends.

Camille me fixe comme si notre conversation n'avait pas pris fin avec ma demande.

— C'est important de parler de ce que l'on ressent, essaie-t-elle encore.

Comme elle refuse de me lâcher, j'attaque la zone d'ombre, non-dit de notre rencontre.

— Quand est-ce que je vais le voir ? Je veux dire… pour lui dire au revoir ?

— Il est très malade, tu sais…

— Oui, il est mourant, tu viens de le dire.

— Archie, c'est compliqué d'organiser une visite dans ce genre de situation.

— Quoi, personne ici n'a une heure pour m'emmener voir mon père à l'hôpital ?

— C'est plus compliqué que cela…

— Donc je ne lui dirai pas au revoir ?

Camille secoue la tête doucement.

— C'est ça le but de l'entrevue d'aujourd'hui ? Que j'enregistre que, dans ma famille, il y a un absent de plus mais que celui-ci est définitif ?

Camille a croisé les bras comme elle le fait quand elle ne maîtrise plus le cours de la conversation. Avec moi, elle les croise presque chaque fois.

— Je suis navrée, Archie.

— Je ne suis pas le dernier des cons. C'est évident que lorsqu'un parent est sur le point de décéder, l'institution organise des visites à l'hôpital. Mon père refuse de me voir, c'est ça ? Avant, maintenant, pour toujours ?

Des larmes de rage coulent sur mes joues. Je serre les poings pour contenir tout cela. Les jointures de mes doigts pâlissent sous la pression.

— Je suppose que, là aussi, je ne peux pas choisir.

Camille veut ouvrir la bouche.

— Ta gueule.

— Mais Archie…

— Ta gueule, j'ai dit. Ça t'ennuie que je pleure dans ton bureau ? Tu préfères que j'aille pleurer ailleurs ?

— Non, je…

— Alors ta gueule.

Ce matin-là, j'ai pleuré pendant une heure dans le bureau de Camille. En silence, nos regards se croisant seulement quand mes sanglots se faisaient plus forts.

Quelques semaines plus tard, Camille a donné sa démission. J'ignore si c'est notre moment à deux qui l'a motivée. Peu importe, je n'étais plus à un départ près.

Après avoir quitté son bureau, je suis monté dans ma chambre. Et j'ai dit au revoir à mon père.

Papa

Je ne connais presque rien de toi
La façon dont tu prononces bonjour petit
La pression de ta main sur mon épaule
La couleur de tes yeux, forcément bleus
Une paternité lointaine, un nom sur un acte
Des consonnes, des voyelles, voilà tout

On dit qu'un grand amour ne se perd jamais
Une compagne, un père, une mère
L'autre est parti mais nous habite encore
On connaît tout de lui
On pourrait presque le voir, l'entendre
Parce que mille fois, il a été là

Je ne connais rien de toi
Je n'ai que ce bonjour petit
Une formule impersonnelle qui résume mon père
Une main qui tapote mon épaule indéfiniment
Une présence trop rare pour rester
Déjà ta voix s'estompe, ta main s'éloigne

Je n'ai jamais eu de père
Le manque devrait être absent
Pourtant, il m'étouffe
Ce départ répété qui devient définitif
Aujourd'hui, je perds tout
L'espoir, toi avec moi, toi en moi

34

Carnet d'Archie

Ce matin, je m'assieds pour enfin écrire l'histoire de ta mère. Il me faut quelques minutes pour me concentrer. Soudain, le tic-tac de l'horloge dans ma cuisine est assourdissant. Je réfléchis à la façon dont je dois te présenter les choses. À la place de ce récit dans votre vie. Alors que je couche les premiers mots sur le papier, je cherche encore la bonne formule. Je ne suis pas certaine qu'elle viendra.

Ta mère est née à même la table de la cuisine. Dans une vieille bâtisse au milieu des champs. Une ruine achetée pour pas grand-chose que son père avait promis de retaper. Pour certains, les promesses sont comme le vent, elles caressent un lopin de terre puis filent ailleurs caresser encore. Ta mère ne s'est pas étendue sur le sujet mais à l'entendre, son père avait la caresse facile pour les femmes qui ne composaient pas son foyer.

Elle a brossé un portrait rapide de ses parents. Alors qu'elle prononçait des mots douloureux pour décrire l'aridité d'un foyer qui s'épanouit sans amour, son corps paraissait détaché. Ses yeux restaient secs. L'alliance terrible d'un homme et d'une femme qui se détestent, et le venin qui en découle pour ceux qui gravitent autour. Pas de coup. Pas de caresse non plus.

Dans cette maison-là, les peaux semblent ne jamais se toucher. Les regards ne se croisent pas non plus. Tout ce qui tisse un lien est exclu, interdit par une règle implicite, apprise sans doute au berceau, lorsque l'on appelle en vain et qu'aucune main ne vient apaiser.

Ta mère n'a pas tiré pareilles conclusions, c'est moi qui enrobe son récit de la chair qu'il mérite. Elle s'est contentée de quelques phrases, un langage simple, brut, comme son enfance.

Ta mère s'est interrompue. Lorsqu'elle a baissé la tête, j'ai compris qu'elle allait confier quelque chose d'important. La véritable épreuve ne résidait pas dans l'absence d'affection. Le drame couvait encore.

— Mon petit frère est né quand j'avais six ans.

Jusque-là, ta mère est fille unique. Les infidélités de ton grand-père ont contenu tout rapprochement conjugal, les ovules migrent sans but, le lit parental ne sert qu'à dormir. Puis, il y a cette grossesse sur laquelle, conformément au dogme du foyer, personne ne met de mots. Le ventre grossit comme les salades du potager poussent, un fait parmi d'autres.

Un garçon naît sur le bois de la cuisine. Ta mère est présente. Elle découvre les cheveux, la tête, son frère surgir d'un corps en souffrance.

C'est ta maman qui s'occupe du nourrisson après sa naissance. L'accouchée est épuisée, le père absent. Avec un gant de toilette humide, elle s'approche du bébé, avide de le toucher. Elle hésite un instant puis elle pose un coin de l'éponge sur la peau rose et rebondie. J'imagine ta mère parcourir ce corps avec lenteur. Un autre pied, une autre main, un autre ventre, un autre tout abandonné à elle. Le bébé ouvre les yeux, capte le regard de sa sœur puis retombe dans un sommeil léger.

— J'ai enveloppé mon frère dans une couverture chaude et je l'ai pris contre moi.

Lorsque ta mère prononce cette phrase, elle a les larmes aux yeux.

Ta maman s'allonge sur son lit et tient le nourrisson contre elle alors que le soir tombe sur leur maison. Elle n'allume pas sa lampe. Elle pense que la pénombre est plus douce pour les yeux du bébé. Elle a cette sensibilité inouïe pour une enfant de six ans, ce sens de l'autre, cette maternité en germe.

La nuit est chaude. Ta mère dépose le bébé sur le lit et enfile un chandail. Lorsqu'elle le prend à nouveau contre elle, l'émotion revient. Comme son petit frère a l'air paisible, elle ouvre la porte de la maison. Devant eux, il y a ce chemin, sorte de route en gravas qui mène au village.

Ta mère s'assied sur le banc qui longe la façade décrépie.

— J'ai contemplé la route devant moi. Je voulais partir. Avec mon frère dans les bras. Marcher jusqu'à ce que quelqu'un nous sauve de…

Elle n'a pas terminé sa phrase. Elle a simplement fait un geste qui résumait pour elle tout l'indicible que peut contenir un foyer en ruine.

— Je voulais partir mais j'étais fatiguée. J'avais peur aussi. Du noir. De l'inconnu. Je sais maintenant que le pire n'était pas dehors.

Dans ses bras, tu as bougé. Ta mère fait une pause dans son récit et caresse ton visage. Sous les doigts fins qui filent sur ta joue, tu souris. À cet instant, je comprends une chose qui me bouleverse. Quoi que ta mère fasse, quelles que soient les crasses qu'elle prenne, peu importe le nombre de rechutes et la façon dont celles-ci te blesseront, tu l'aimeras. Avec toute la puissance dont un enfant est capable.

35

Nous avons étalé nos matelas autour du feu. Nos sacs de couchage roulés en boule font office d'oreillers de fortune sur lesquels nous nous adossons pour admirer la voûte céleste. Les flammes hautes semblent lécher la lune, la course des étoiles révèle des formes que nous sommes seuls à voir, le monde nous appartient.

Je porte la main de Mathilde à mes lèvres et l'embrasse. Mes gestes sont moins maladroits. Mon corps a apprivoisé celui de Mathilde. Elle me prolonge d'une façon qui me fait me sentir grand. Je songe à ma vie d'avant, la confronte à cette minute qui file déjà. J'ai l'impression d'avoir réussi quelque chose. Un sentiment étrange qui brûle, là, près de mon cœur. Le feu crépite en paillettes lumineuses. Je ferme les yeux pour écouter. Ce chant se mêle au reflux marin, à la brise qui anime les feuillages, autant de murmures qui me touchent. Parce qu'ils sont comme moi, secondaires. Sauf que ce soir, dans le silence, nous prenons toute la place.

Mathilde est absorbée par ses pensées. Elle s'assied et retrousse la jambe droite de son jean.

— Ma cheville a gonflé.

Je me redresse pour l'examiner.

— Tu veux qu'on fasse une pause ? On peut s'arrêter quelques jours dans une auberge ?

Mathilde rit.

— J'ai du mal à t'imaginer te reposer. Je n'ai jamais vu quelqu'un marcher avec autant de détermination, à croire que tu fuis quelque chose.

Elle prend une pommade dans son sac et en applique sur sa cheville.

— Attends, je vais t'aider.

Je frotte mes paumes l'une contre l'autre puis les dépose délicatement à hauteur de la malléole. Elle grimace.

— Tu dois poursuivre ta route.

— Je…

— Ce ne sera que pour quelques jours. Dès que ma cheville sera guérie, je prendrai un bus pour te retrouver sur le sentier.

Je voudrais m'opposer mais je sais que Mathilde a raison. Je ne peux pas rester immobile. La nuit, mon sommeil est constellé de rêves étranges. Ma mère apparaît souvent mais elle prend une forme différente, lointaine. Dès que je tends la main vers elle, elle s'évapore. Je hurle pour qu'elle revienne, je la cherche, je cours partout. Je me réveille essoufflé, tendu, les muscles en feu. Marcher est devenu mon échappatoire, ma drogue.

Ce matin, Mathilde range ses affaires. Chargé de nos deux sacs, je l'accompagne à l'arrêt de bus. En silence, nous nous séparons, puis, je rebrousse chemin pour poursuivre seul sur mon sentier.

À midi, je m'assieds sur un rocher pour écrire à ma mère. Dans un cadre pareil, le poème un peu niais dont elle a besoin devrait être plié en quelques minutes. Je tente une première ligne mais les mots sonnent faux. Je suis perdu comme l'on peut l'être dans un nouvel endroit. Les jolies formules se cachent. Les petites tournures optimistes qui lui plairaient sont capricieuses. Tout semble se dérouler à l'envers, plat, moche. Je referme mon carnet.

Je voudrais raconter à ma mère mon projet. Lui parler de départ, de la possibilité pour chacun de quitter un lieu et d'aller vers un autre. De quitter une vie pour une autre. De quitter ses crasses donc.

Je marche avec l'intention d'écrire ce poème en fin de journée. Je pense naïvement que ces heures avec moi-même révéleront mon génie. Mais rien. En m'asseyant sur mon rocher face au plus beau coucher de soleil qu'un poète puisse rêver, je n'ai que le titre : le départ.

Je l'écris lentement sur la page, espérant que la suite viendra naturellement. La mer et ses reflets roses ne m'inspirent rien. À croire que seule la captivité faisait de moi un écrivain. À l'air libre, entouré de splendeurs, je ne vaux rien.

Pour essayer encore, je me concentre sur ma mère. Sur notre première rencontre. Sur ce qui aurait pu être un nouveau départ. Pour elle, peut-être. Pour moi, certainement. J'imagine cette mère à demi-consciente, ce bébé que l'on tient contre elle pour tenter de susciter ce quelque chose qui semble évident pour les autres. Je la vois entrouvrir les yeux sur son nouveau-né. Je la vois sourire. Je suis sûr qu'elle a souri. Quand je rejoue cette scène dont j'ai besoin pour avancer, les phrases se dénouent et, enfin dociles, se déposent sur le papier.

Ce départ ne m'appartient pas
Voilà ce que l'on peut penser tout bas
Les nouvelles chances ne sont que pour les autres
Pour soi, il n'y a qu'un seul lieu, celui de la défaite
C'est vrai, on n'est jamais parti d'ici
On ne sait pas comment faire d'ailleurs
Tout semble verrouillé depuis longtemps
On rêve de cette issue
Mais rêver ne suffit pas
Un jour, il faut se lever. Décider. Marcher.

Bisous depuis ma route, Maman.

36

Carnet d'Archie

Comme hier, je m'assieds à la table de la cuisine pour retranscrire l'histoire de ta mère. Tel un véritable écrivain, je m'invente un rituel. Un thé à la cannelle fumant sur lequel je souffle quand l'inspiration faiblit. Les mots me viennent avec aisance, ceux de ta mère sont encore bien présents à mon esprit. Lentement, je me glisse dans votre histoire. Les images affluent, le passé ressurgit et sous ma plume, devient définitif.

Lorsque ta mère lève la tête pour poursuivre son récit, je crois voir une lueur d'espoir dans ses yeux. Après tout, tu viens de sourire pour la première fois. Et ce sourire est pour elle.

— Ce soir-là, je ne suis pas partie. Ce banc m'a semblé l'endroit le plus sûr au monde. Mais peut-être que j'ai confondu. Peut-être que c'est mon petit frère qui me donnait ce sentiment-là.

La vie s'organise rapidement autour du nourrisson. La mère se contente de nourrir le bébé, distraitement, le tenant d'un bras pendant qu'elle s'affaire dans la maison, sans un regard pour celui pendu à son sein. Pour le reste, la grande sœur, ta mère, peut bien prendre le relais. Laver, habiller, changer, bercer, cajoler.

Au bout de deux jours de ce ballet maternel, alternance de deux âges autour du nouveau-né, le père revient. Sans doute prévenu par un voisin qu'en son absence la composition de son foyer s'est altérée.

Sa fille court vers lui. Oubliant que dans cette famille, on ne se touche pas, elle attrape la main de l'homme pour l'attirer vers le berceau. « Papa, papa, viens voir mon frère ! »

Le père se poste au-dessus de la corbeille où le bébé dort paisiblement. Il ne s'agenouille pas pour l'observer de plus près. Il reste debout, droit, rigide, aussi loin que possible et répète que le nouveau-né ne lui ressemble pas du tout.

Pour comprendre le sens de ce qui se joue, il faut combler les silences des adultes. Saisir que, si le lit conjugal n'est témoin d'aucun rapprochement, l'enfant tient du miracle. Et que les miracles comme les caresses ne sont pas bienvenus dans cette maison.

La petite pressent un danger. Comme elle ne parvient pas à l'identifier, il semble coller partout, aux autres, aux murs, aux objets. Elle veut poser une question pour se rassurer mais les mots dans sa tête ne cessent de se mélanger. Elle demeure bouche bée, tête levée vers son père, espérant qu'il l'éclaire. D'un geste sec, il dégage sa main de celle de sa fille et se détourne des enfants.

— Je ne comprends pas alors j'insiste auprès de mon père : « Il est si beau ! On peut l'appeler Paul. C'est si joli, Paul ! »

Ta mère fait une pause dans son récit. Elle semble retenue dans cette minute lointaine, ses parents ravivés par son souvenir se matérialisent dans sa chambre d'hôpital. Ses bras se resserrent autour de toi.

— Mon père me répond : « Ça ne sert à rien de lui donner un prénom. » Et puis, il sort de la maison en claquant la porte.

L'enfant regarde sa mère en quête d'une explication mais celle-ci se contente de hausser les épaules avant de vaquer à ses occupations. Comme pour rompre ce silence angoissant, le bébé se met à pleurer. La fillette s'empresse de le prendre pour le bercer.

Les jours suivants, le père est absent. Chaque soir, ta mère enveloppe son frère dans une couverture et s'assied sur le banc devant la maison. Elle rêve de voyage en contemplant la nuit recouvrir la campagne de son manteau sombre. Elle a ce sentiment d'urgence. Elle ignore pourquoi mais elle se répète qu'il faut partir.

Pourtant, les nuits se succèdent et jamais, elle ne bouge. Elle ne quitte son banc que pour aller s'allonger dans son lit. Coucher le bébé près d'elle et se coller à lui, passer un bras par-dessus le nourrisson. On ne sait jamais.

La semaine suivante, le père revient. Sa fille n'essaie plus d'attirer son attention. Cette fois-ci, l'homme s'attarde chez lui. Le couple semble débattre, ne pas tomber d'accord. Tard le soir, elle les entend parler depuis son banc. Avec des mots qui lui sont inconnus, ils s'opposent. Jamais ses parents n'ont discuté autant. Les voix s'élèvent, celle de son père surtout. Celle de sa mère se fait suppliante.

La petite redouble d'efforts pour veiller sur son frère. Elle tente de rester plus longtemps sur son banc. Elle ne rentre que lorsque la maison est plongée dans l'obscurité. Pour être réveillée par les premières lueurs du jour, elle ne tire plus les rideaux de sa chambre. Lorsqu'ils se lèvent, elle est déjà dehors à promener le bébé.

Elle flaire un danger. Elle ne quitte plus son frère. Sa chaleur est devenue familière. Elle a froid quand sa mère prend le relais pour l'allaiter.

Une après-midi, elle s'installe avec lui sous un arbre. Le bébé, maintenant âgé de quatre semaines, écoute la voix de sa sœur, sourit, gazouille en réponse. Tout bas, elle raconte ce que les yeux du bébé captent. Un oiseau, un brin d'herbe, une fleur. Elle suit le regard du petit et l'accompagne dans son exploration du monde. Elle passe une main sur son ventre, embrasse ses cheveux, respire son odeur. Alors qu'ils sont allongés sur le dos pour admirer le houppier qui frémit au vent, son père passe près d'eux :

— Qu'est-ce que tu fais avec lui ? C'est même pas ton frère !

Ta mère s'interrompt à nouveau. L'air semble lui manquer. Elle me demande un verre d'eau. Une part de moi sait que ce récit ne me laissera pas indemne. Mais mon service est terminé, je n'ai nulle part où aller, aucune excuse pour partir au milieu d'une histoire d'amour dont le produit est maintenant sous mes yeux. Une mère et son bébé, deux corps chargés de crasses, deux corps qui se lient sans certitude. Ce passé qui se répète, héritage qui se refile et que je refuse pour toi.

D'une voix hésitante, ta mère reprend.

Le père a marmonné autre chose et poursuivi son chemin vers le garage où il s'enferme pour la journée. La fillette demeure allongée, glacée par ses paroles, comprenant à demi-mot la menace qu'elles contiennent. Elle a froid en plein été et son frère contre elle ne suffit plus à la réchauffer.

Elle en perd le sommeil. Elle veut être là à chaque minute, profiter encore de ce frère, le protéger contre ce je-ne-sais-quoi qui prend la forme de quelques mots soufflés sur leur quotidien. Les cernes se creusent sous ses yeux, ils ne se contentent pas d'être bleus, ils agressent la matière, forment ce fossé dans la peau. Avec la fatigue, il lui arrive de trébucher. Elle se rattrape à temps pour ne pas le faire tomber.

— Mais, on ne va pas le garder quand même ! Il va falloir le donner !

Son père a crié cela à sa mère.

La petite n'a plus la force de pleurer. Elle lutte comme elle peut. Elle garde son frère dans ses bras, contre elle dans son lit. Elle n'a plus le courage d'aller s'asseoir sur le banc dehors. Son univers se réduit maintenant à cette chambre, à ces murs sur lesquels elle tente de garder les yeux ouverts. Parce que les fermer serait renoncer à lui. À sa façon, elle le sait. Un savoir diffus qui l'alerte, à cet âge où la complexité d'une situation ne peut être que pressentie. Les paupières se font lourdes. Elle espère que son père partira de la maison bientôt, qu'elle pourra dormir un peu.

Un instant, alors qu'il doit être midi, elle croit entendre une porte claquer, la seule manière dont son père se manifeste, avec violence, sans égard pour le repos du petit. Le calme revient dans le foyer. Il n'y a plus qu'un seul pas, plus doux, qui arpente la maison. La sécurité revient, la fatigue domine, ses yeux se ferment malgré elle, avant qu'elle n'ait pu s'assurer de son départ. Elle sombre dans un sommeil profond, dénué de lumière.

Lorsqu'elle s'éveille, il fait nuit. Le lit semble grand, froid. D'une main, elle tâte la place à côté d'elle. Elle cherche mais ne se heurte qu'au vide. Elle se lève d'un bond, ouvre la porte, allume la lumière. Le berceau n'est nulle part.

Elle se précipite vers la chambre de ses parents, cet endroit où elle ne s'aventure jamais. Elle fait le tour du lit, monte dedans, soulève les couvertures. Elle hurle, elle sait qu'elle n'en a pas le droit, mais elle ne contrôle plus rien. La douleur la terrasse, brûle son ventre. Elle hurle encore. Elle se jette sur les corps de ses parents, les frappe avec toute la puissance dont elle est capable. Elle n'entend pas leurs voix, elle ne perçoit plus rien de ce monde qui la crève. Un monde où la souffrance est partout, immense, terrible. Un monde qu'elle voudrait quitter. Elle vomit maintenant. Elle vomit, elle hurle, elle tape. Elle appelle son frère.

Mais, dans la nuit noire, il ne répond pas.

37

Je crois à la nuit.
Rainer Maria Rilke

L'enveloppe est posée devant moi sur une pierre. Je reconnais l'écriture saccadée de ma mère. Il y a mon prénom, mon nom et une adresse autre que la sienne. Ma mère forcée d'aligner ces lettres qui racontent nos vies séparées. Le nom d'une rue, le numéro d'un bâtiment qui la blessent, autant de rappels de son incompétence. J'imagine ses réveils dans le silence d'un studio froid, ses petits déjeuners solitaires, ses pensées qui s'affrontent, la poussent à choisir le camp qu'elle occupera pour la journée. Les crasses ou pas.

J'ai lu et relu ces pages sur son enfance. Je veux comprendre ma mère. Son image à l'âge de six ans m'est venue facilement. Il me suffit de reprendre ses yeux, sa bouche, son visage, son apparence d'être perdu. Sa tendresse envers son petit frère me paraît évidente. Une nature profonde que ma mère a dissimulée. Ou que j'ai choisi d'ignorer.

Un truc énorme que nous avons tous les deux mis de côté pour vivre ce que le juge nous propose : une maternité et une enfance en sursis.

Je pourrais ouvrir cette enveloppe maintenant, lire sa lettre, la dernière qui m'est parvenue avant mon départ. Certainement une sorte de discours réchauffé qu'elle me sert à toutes les sauces et qui répond toujours à la même structure : prendre de mes nouvelles, me répéter qu'elle croit en moi, que mes poèmes sont brillants, qu'elle m'aime…

Dans le même élan, je saisis mon téléphone pour l'appeler.

— Allô ?

— Maman…

— Archie ? C'est toi, Archie ? Tu vas bien ? Tu es où ?

— Maman, rejoins-moi…

— …

— T'es clean ? dis-je en serrant le poing.

— …

— Allez, rejoins-moi, Maman.

Dans le combiné, j'entends le souffle de ma mère qui se fait plus lourd.

— Tu pleures ? Je ne veux pas que tu pleures, Maman. Ici, tout est si beau. Je veux que tu vives ça avec moi. Les paysages infinis, la mer toujours dans les yeux, ça fait du bien, tu sais…

— Mais… je… où ?

— Viens sur mon chemin avec moi. Viens marcher !

— Marcher ? Mais, Archie… j'ai des choses à faire…

— Arrête avec tes conneries… T'as quarante ans, ta vie a jamais démarré… T'as rien vécu de bien. Putain, Maman, donne-toi une chance. Viens vivre avec moi !

— Je… Je sais pas si j'y arriverai…

Elle soupire. Je ne veux pas lâcher.

— Embarque tes crasses si tu veux, je m'en fous, mais rejoins-moi !

— Archie, je peux pas…

— Maman… Je suis presque adulte…

Cette révélation m'émeut. Je renifle et essuie d'un geste les larmes qui font route malgré moi.

— Bientôt, ce sera trop tard. On n'aura jamais rien vécu ensemble, on aura tout foiré. On mérite mieux que ça.

— Je…

— On doit au moins essayer une fois.

— Archie, on peut pas…

— Je suis au bord d'une falaise, Maman. Soit tu me réponds oui, et tu fais ton sac, soit je…

— Je viens. Je viens, Archie. Bien sûr que je viens.

38

Carnet d'Archie

De ta première année de vie, je ne connais pas grand-chose. J'avais laissé filer ta mère. Un instant, nous étions proches, elle me confiait son histoire, elle me demandait à sa façon de l'aider. Ou au moins d'arrêter de la juger.

En votant contre elle, j'avais rendu toute relation illusoire. La confidentialité de ce genre de vote est très relative, elle dépend du bon vouloir de ceux présents et, dans notre cas, il y en avait quelques-uns qui ne voulaient pas vraiment.

Le matin de ton départ, lorsque je m'approche de ton lit, je ne te prends pas tout de suite dans les bras. La perspective de te toucher pour la dernière fois me paralyse. Elle exige de moi de goûter chaque seconde, de graver la chaleur de ton corps, d'inscrire dans ma mémoire le souvenir précis de tout ce qui te compose. Elle m'impose aussi de ne pas songer à la vie qui t'attend avec cette mère qui veut mais qui n'y arrive pas toujours.

Tu es resté ici huit semaines et, en amour, huit semaines équivalent souvent à l'éternité. Le manque m'enveloppe déjà. Le problème avec moi, mon Archie, c'est qu'il y a une place à prendre parce que je ne suis pas parvenue à peupler ma maison. Chez moi, le calme est assourdissant. Il hurle mon inaptitude à m'approcher des autres. Avec ce vide, ta solitude ne pouvait que me toucher, résonner, et d'écho en écho, construire notre lien.

Tu es maintenant contre moi. Je plonge mon nez dans tes cheveux fins, je respire profondément, je prends tout ce que je peux. Je t'entoure de mes bras et l'émotion monte. Je murmure «Mon petit, mon petit», sorte de mantra pour te greffer à moi, empêcher notre séparation imminente. Mon petit, mon petit.

Je te dis ce que je crois être des sagesses, quelques banalités transformées par cet instant étrange, moment de flottement entre deux vies. La vie avec toi et la vie après toi. Je te répète que, quoi qu'il arrive, tu vas traverser cette épreuve, tu vas grandir et devenir maître de ta vie. J'ignore à qui s'adresse ce discours. À toi, à moi, à nous deux. Je te propose de revenir ici. Je te promets de t'attendre. Je prononce toutes ces formules du désespoir, je parle autant que possible pour ne pas laisser le silence reprendre ses droits.

Debout près de ton lit, je gaspille des minutes précieuses. Je dois bouger. J'attrape un papier et note un message à l'attention de ta mère, l'informant que je t'emprunte un moment. Comme je l'ai fait cent fois, je saisis une écharpe et te pose contre moi. Ton départ est dans l'ordre naturel. C'est ce que je me répète quand mon souffle se fait plus bruyant. C'est ton histoire qui commence.

Je me redresse. Je sors de ta chambre, traverse le couloir, appelle l'ascenseur, aligne tous ces gestes qui ont un autre sens aujourd'hui. Lorsque l'ascenseur s'immobilise au rez-de-chaussée, je me concentre sur la mélodie qui me parvient déjà.

Dans l'atrium, l'atmosphère est électrique. Les patients tapent en rythme dans leurs mains. Le pianiste a sorti son répertoire de fête, à croire qu'il sait ce que ce jour signifie pour toi. Aux étages, nombreux se sont massés pour assister au spectacle depuis leur balcon de circonstance. Je me poste à notre place habituelle.

Le pianiste suspend ses mains au-dessus du clavier pendant quelques secondes. Le silence se fait dans la salle. Les corps sont en attente, inclinés vers l'avant, avides de magie. D'un geste sûr, le musicien fait glisser sa main d'un bout à l'autre du piano et pousse un « Yeah » qui nous enflamme immédiatement. Il le crie encore et en écho, les patients répondent.

L'homme se lève, repousse son tabouret et, déchaîné par cette nouvelle énergie, entonne « Hit the Road Jack » de Ray Charles. La voix grave s'élève au-dessus du murmure de la foule et nous transforme.

Nous ne sommes plus malades ou soignants, nous sommes un tout vibrant. Je ne suis plus Madeleine, discrète, invisible, éteinte, je suis cette femme qui a commencé à danser. La fougue, longtemps contenue, se libère. Mes mains tournent dans le ciel, mes jambes se délient joyeusement. D'autres me rejoignent, me tendent une main, me sourient. La musique nous extrait de cet hôpital et nous emmène ailleurs. Je ris de cette magie, capable de sublimer le quotidien le plus morne. Je ris de ces portes qui s'ouvrent, de ces mondes plus heureux qui nous appartiennent.

Je ris parce que pour moi, c'est exactement ce que tu es. Cette magie qui m'élève.

Je suis grande. Grande de te connaître, mon Archie.

39

Ma mère me paraît plus petite que dans mon souvenir. J'ignore si c'est moi qui ai grandi ou si le quotidien à ciel ouvert, la mer infinie, ce chemin si facile à suivre ont rétréci le reste du monde, ma mère comprise. Elle est debout à l'arrêt de bus où nous avons rendez-vous. Elle tient les lanières de son sac à dos et, de loin, on pourrait la prendre pour une adolescente qui s'apprête à vivre la première grande aventure de sa vie. C'est peut-être un peu ça, d'ailleurs.

Elle a revêtu un jean qui paraît grand pour elle, un T-shirt blanc dont seul l'avant est négligemment rentré dans son pantalon. Elle a noué ses cheveux en une queue lâche. Elle porte des lunettes de soleil qu'elle a relevées sur sa tête. C'est étrange mais je n'en ai jamais vu sur ma mère. Ça en dit beaucoup sur le genre de moments que nous vivons. Loin de la lumière crue du jour, à couvert dans une petite salle décorée de fleurs artificielles, un endroit où les lunettes de soleil sont inutiles.

Je me suis arrêté pour l'observer à distance. Je la connais si peu que nos rencontres me rendent nerveux. Dans les autres familles, j'imagine que les mots sortent tout seuls. Chez nous, c'est différent. Ma mère et moi les cherchons péniblement, les répétons en silence et, parfois, nous osons les lâcher, tels des animaux sauvages que nous serions parvenus à domestiquer.

De loin, ma mère semble normale. J'essaie de l'appréhender comme un inconnu le ferait, avec ces yeux qui ne jugent pas. Elle se tient droite et à cet instant précis, c'est sa beauté qui me surprend. Je ne l'ai toujours vue que comme une femme qui perd ses combats, fragile, dominée par son truc. Aujourd'hui, l'espace de quelques secondes, ma mère est forte. Ma mère est une mère et je suis son enfant.

C'est avec cet élan que j'avance vers elle. Elle a tourné la tête. Elle sourit. Pas de ces sourires tristes auxquels j'avais droit à l'institution. Elle me sourit comme si soudain, elle était heureuse. Elle marche vers moi, elle accélère le pas. En la regardant, je me dis que tout pourrait débuter ici, avec ces bottines de randonnée, ces sacs sur nos dos. Nous sommes maintenant face à face. L'instant n'exige pas encore cette conversation sur laquelle chaque fois nous échouons, ce ballet d'onomatopées et de questions avortées.

D'un geste, elle laisse tomber son sac à ses pieds.

— Bonjour Archie.

— Bonjour Maman.

Autour de nous, les feuilles des arbres vibrent au vent, les oiseaux s'époumonent. Le silence de la salle de l'institution est loin.

— Tu vas… ?

— Mmh.

Ça y est, ça nous reprend.

— Il est… où ton chemin… ? demande ma mère.

— Par ici.

Je lui prends la main. Elle sourit encore.

— Tu vas… bien, Archie ?

Je serre sa main dans la mienne. Le chemin devient plus étroit et elle me fait signe de passer devant elle.

— Oui.

Je ne réponds rien d'autre parce qu'avec la marche, le silence ne semble plus une menace. Il est une évidence. Nous progressons au milieu des bois. J'entrevois la mer par endroits, entre deux arbres.

— Ferme les yeux, je te guide, dis-je à ma mère.

Je me retourne et lui prends la main à nouveau. Nous avançons vers ce bleu infini. Je me demande si ma mère a déjà vu l'océan.

— Tu as déjà vu…

Comme chaque fois, j'abandonne au milieu de ma phrase. Je ne veux pas que ma question l'humilie, qu'elle doive avouer à son fils de seize ans que, de ce monde, elle ne connaît presque rien.

— Je n'ai jamais vu la mer.

La voix de ma mère tremble un peu, mélange d'excitation et de trouble. Je me retourne pour vérifier qu'elle a toujours les yeux clos.

— On y est…

Nous avons rejoint le sentier douanier. Je veux qu'elle découvre la mer depuis le plus beau point de vue. Je veux que tout autour d'elle, il n'y ait que ce bleu. Mon obsession pour effacer la sienne. Je m'avance vers le bord de la falaise. Je la place et elle se laisse faire comme un pantin. Je la tourne légèrement vers la droite et, toujours les yeux fermés, elle rit. Je lui demande d'attendre encore un peu. Je veux voir ses yeux s'ouvrir, embrasser la beauté de notre chemin. Je veux voir l'effet de cette promesse de liberté sur son visage. Je veux voir ma mère sans les crasses. Je veux y croire.

Elle a ouvert les yeux maintenant. Elle remue les lèvres légèrement mais aucun son ne sort. Dans la lumière de ce bout de terre, elle semble plus jeune. Elle a levé les mains pour couvrir sa bouche, l'émotion, comme l'air, gonfle maintenant ses poumons. Ma mère souffle pour la contenir mais les larmes coulent déjà.

— C'est beau, Archie.

Ma mère pleure et pour la première fois, elle ne se cache pas.

40

Carnet d'Archie

Je n'ai pas tout de suite su pour ton accident. Il a fallu quelques jours avant que je n'apprenne que vous étiez revenus au point de départ. À nouveau retenus dans une chambre d'hôpital, à nouveau sous le coup d'une évaluation, celle d'une maternité qui vacille. Sauf qu'ici, le jugement serait plus lapidaire.

C'est étrange mais la nouvelle de l'accident n'a suscité qu'une seule émotion. La plus inadéquate de toutes. La joie. Évidemment, j'apprenais au même moment ton accident et ton hospitalisation. Tu étais donc vivant. Avec ta naissance particulière, j'avais cette conviction qu'il ne pouvait plus t'arriver grand-chose. Nouveau-né qui surprend tout le monde par sa présence au fond d'un ventre, petite forme qui émerge d'une mère inconsciente pour embrasser son frère mort dans la minute qui suit. Non, je ne pouvais pas t'imaginer mort car tu semblais pouvoir survivre à tout.

En revanche, j'ignorais quelle était ma place. Ta mère et toi n'étiez pas admis dans mon service. Une visite de ma part n'était donc pas dans l'ordre des choses. Dans mon ordre des choses, oui. Mais pour les autres ? Pour vous ? Pour elle, surtout.

Hier, je me suis renseignée auprès de mes collègues. Ta mère ne quitte pas son lit, son état ne le lui autorise pas. Je suis passée devant la porte de votre chambre. J'ai marché lentement, tendant l'oreille pour entendre vos voix. La porte était close. Depuis le couloir, tout semblait silencieux. Ce matin, pendant ma pause, je tente à nouveau ma chance. Sur la porte, ton nom et le sien sont inscrits à l'encre bleue sur un petit papier collé négligemment.

Archie. Alors que je prononce ton prénom tout bas, j'entends un bambin. J'entrouvre la porte et aperçois ta mère endormie. Tu es debout dans ton lit à barreaux et tu multiplies les onomatopées joyeuses en tapant d'une main sur le bois. Babababababababa.

Sur ton visage, je vois tout de suite les traces de l'accident, des ecchymoses à différents endroits, sur ton front, sur ta joue, ton autre bras emprisonné par un plâtre et un bandage autour de ta cuisse droite. Mais, en réponse à tout cela, à cette vie qui ressemble plutôt à une grosse claque, tu répètes ton joyeux babababababa.

Une voix dans mon dos me fait sursauter.

— Tu peux le prendre, Bambi. Sa mère est sous sédatif, ça lui fera du bien d'avoir une présence. Le service est saturé aujourd'hui, alors on n'a pas trop le temps de s'occuper de lui, ajoute-t-elle avant de refermer la porte derrière elle.

Il y a ces moments dans une vie qui comptent plus que tout autre. Celui où je pense toucher ta peau pour la dernière fois, celui où je m'apprête à te prendre à nouveau dans les bras. Cette dernière année, mon quotidien m'a paru si plat. Je ne suis pas préparée à ce que je ressens maintenant. Je fais un pas vers toi. Je veux y aller doucement. Tu ne me connais plus et je ne veux pas t'effrayer. Je m'accroupis à ta hauteur. Tu arrêtes de taper le bois et me fixes avec tes grands yeux. Je touche ta main et tu souris. Je pianote le long de ton bras jusqu'à ton épaule et tu es hilare. Le drame ne semble pas avoir de prise sur toi.

Je te soulève pour t'extraire de ton lit. Tu pèses plus lourd que dans mon souvenir. Ton corps n'est plus cette forme molle qui s'abandonne contre moi. Il est musclé, tonique. Tu t'empares de mon collier avec tes doigts maladroits et tente de comprendre sa matière, sa forme. Tu te penches pour le mettre en bouche. Je te le retire. Tu protestes. Tu as toutes ces réactions qu'on attend chez un bambin de ton âge.

Je m'assieds dans le fauteuil à côté de ton lit et te pose sur mes genoux. Tu te tiens bien droit. Tu regardes partout autour. Sans doute aimerais-tu explorer. Je te raconte quelque chose pour te distraire. Tu arrêtes net tes babillements et me fixes d'un air concentré. Tu frottes tes yeux. Je me lève et te berce. J'aimerais que tu t'endormes dans mes bras pour retrouver cette boule chaude contre moi. Tu bailles. Je murmure une sorte de berceuse que j'ai inventée pour toi. Elle parle d'un petit garçon qui se relève chaque fois. Je n'ai jamais eu beaucoup d'imagination. Je bute sur les mots. Tu as fourré ton poing dans ta bouche comme lorsque tu étais bébé. Tes yeux se ferment maintenant. Je continue ma berceuse qui ne va nulle part. Exactement comme nous. Comme moi. Comme ta mère. Tous à nouveau réunis.

41

Les éducateurs m'ont souvent raconté cette histoire, un peu à la façon d'une excuse, fable sombre qui expliquerait pourquoi je suis ici. En grandissant, les versions se sont succédé, plus précises, plus dures aussi. Avec leurs mots, les souvenirs de cette nuit-là se sont construits, comme s'ils m'appartenaient.

Cette nuit de l'accident, ma mère prend la route. À ses côtés, je suis endormi. J'imagine ma mère pianoter le plastique du volant, appuyer sur l'accélérateur, tourner à gauche, tourner à droite, puis ne plus tourner du tout et foncer dans le décor.

Les minutes s'écoulent. Les corps blessés sont immobiles, elle sur son siège, moi sur le mien. Les fenêtres brisées par le choc laissent entrer l'air glacé de novembre. Dans l'habitacle, ma mère navigue entre deux états. Le sang qui coule sur sa tempe chatouille sa peau endolorie, tracé rouge qui barre son visage.

Enfin, elle ouvre les yeux, se penche vers moi, endormi encore plus profondément. Elle tente d'ouvrir la porte mais celle-ci reste coincée. Elle assurera à la police avoir donné des coups de pied pour la débloquer, elle obligera l'inspecteur à inscrire ces détails dans le dossier, elle répétera encore, insistant sur son acharnement à nous sauver, sa façon de dire qu'elle ne voulait pas nous tuer, qu'elle est quand même une bonne mère, qu'on ne doit pas m'enlever à elle.

La portière s'ouvre. Elle passe ses mains sous mon corps qui pèse plus lourd que ses dix kilos. Elle me place dans le creux de son bras, tel un nourrisson qu'elle s'apprête à bercer, lorsqu'elle remarque le contour de mes lèvres qui bleuit. Sans attendre, elle lance son manteau à même le sol, me pose dessus puis commence des compressions hasardeuses. Elle tente de se rappeler ce documentaire qui portait sur la réanimation. Elle se souvient qu'il faut souffler mais elle ne sait pas comment. Elle place ses lèvres douces sur les miennes et gonfle mes joues de son air. Elle se redresse et crie pour que quelqu'un vienne nous secourir. Elle poursuit les compressions. Elle ignore le rythme qui s'impose. Il y avait une chanson qui dictait la cadence. Elle crie encore de rage de tout oublier, toujours. De cette vie de merde. Des crasses qui salissent son sang encore cette nuit et nous priveront l'un de l'autre.

Une voiture s'arrête. Les secours arrivent à temps. Ses bras minces s'éloignent, remplacés par ceux musclés d'un homme qui connaît la chanson des compressions. Celui-là même qui me sauvera. Mais, déjà, les bras incompétents de ma mère me manquent. Ils tremblent, ils lâchent, ils n'osent pas assez mais ce sont les siens. Irremplaçables.

Ma mère forme un tas avec le petit bois qu'elle a ramassé. L'image de cette nuit terrible se superpose au présent. Cette femme incapable de me sauver est maintenant sur ma route. Agenouillée près des branches, elle tente de lancer un feu. Elle hésite, elle cherche, elle veut réussir. Je ne sais pas pourquoi mais ça m'émeut. Peut-être parce que j'aimerais que plus jamais rien ne lui résiste. Ni les flammes, ni la vie, ni moi, en fait. Je me lève et m'approche d'elle.

— Maman ?

— Oui, répond-elle en se relevant.

Je voudrais ajouter quelque chose, une sorte de mot-bateau qui pourrait l'embarquer et l'emmener loin de ses combats. Mais aucun mot ne devient un bateau. Alors, je lui prends la main et l'entraîne au bord de la falaise. Ici, nous sommes à peine plus d'un mètre cinquante au-dessus de la mer. J'examine l'eau translucide. Il n'y a pas de rocher. La profondeur est largement suffisante. Je me tourne vers ma mère et lui souris.

— Prête ?

Comme elle ne comprend pas, j'enlève mes chaussures et les jette près de nos affaires. Elle m'imite. J'attrape à nouveau sa main et recule de quelques pas.

— Mais, Archie, on ne peut pas, dit ma mère soudain hilare.

— Si, Maman, on peut tout.

Son regard passe de moi à l'eau.

— Je dois me mettre en maillot au moins avant ?

— C'est tellement surfait, cette histoire de maillot, Maman, pour deux aventuriers comme nous, enfin !

Je lui fais un sourire débile en tirant la langue et elle rit encore. J'essaie de nous éloigner du bord mais elle résiste.

J'use encore de ma force et gagne quelques centimètres. Avec son fou rire, ma mère ne parvient plus à lutter.

Je prends mon élan et, sa main serrée dans la mienne, je cours vers l'eau. Un instant, nous ne sommes plus ces perdants qui se sont manqués. Nous sommes deux fous, libres, heureux. Nous poussons sur nos pieds pour décoller vers ce bleu qui domine. Nous volons et le rire de ma mère glisse sur la mer. Il résonne encore dans mes oreilles lorsque je plonge sous la surface.

Une fois que nous sommes émergés, les larmes de joie se mélangent à l'eau salée qui luit sur nos visages. Ma mère me prend dans ses bras. Nos corps vibrent au diapason de cette sensation nouvelle. Celle de se découvrir plus fort que tout. Parfois. Maintenant.

42

Carnet d'Archie

Lorsque j'ai vu ta mère dans son lit, assommée par les médicaments, c'est l'histoire de son frère qui m'est revenue tout de suite. Certains affirment que l'on rejoue son passé jusqu'à pouvoir s'en libérer. J'ignore si c'est vrai. Je trouve cela terrible. L'injustice pondrait donc des enfants, échos au drame premier. La guérison exigerait la répétition d'une souffrance ? Que faudrait-il comprendre en plus ?

Je ne connais pas la validité des belles leçons de nos amis les psychologues mais la vision de ta mère dans ce lit me pousse à croire qu'il y aurait une vérité dans cela. Ta mère s'apprête à tout perdre à nouveau. Après un frère, un fils, ce tout prend encore une fois l'apparence d'un petit garçon.

Ce matin, lorsque je viens te rendre visite, tu es endormi. Les bleus sur ton visage s'estompent déjà. Rien ne te résiste.

— Madeleine ?

La voix de ta mère me fait sursauter. Je m'approche de son lit en réfléchissant à une excuse pour justifier ma présence ici.

— J'ai tout foiré.

Ta mère a toujours la formule pour nous faire gagner du temps. C'est l'une des choses que je préfère chez elle, sa capacité à nous ramener à l'essentiel.

— Comment allez-vous ? dis-je parce que je ne sais pas quoi répondre d'autre.

— J'ai tout foiré, insiste-t-elle.

Je m'assieds sur son lit et pose une main sur la sienne.

— Que s'est-il passé ?

Comme ta mère baisse la tête, je tente autre chose.

— Archie semble heureux. Il a tellement grandi ! Il se développe bien, je trouve. Vous avez fait du beau travail.

Les larmes coulent sur ses joues.

— Hier, il a dit « Maman » pour la première fois.

Je me penche et la prends dans mes bras. Comme une enfant, elle se laisse faire.

— Il n'est pas trop tard.

Ta mère rit amèrement.

— Je veux dire… Expliquez-leur pourquoi vous avez pris la route alors que vous aviez avalé un médicament qui rend somnolent ? Il y a certainement une raison ?

C'est tout ce que je sais. Son dossier ne mentionne que ce fait. Une énigme que je tente d'élucider. Comme à son habitude, ta mère n'a pas souhaité répondre aux questions du corps médical. À mon avis, elle en a surtout marre d'être jugée.

— Je suis certaine que vous n'auriez pas mis la vie d'Archie en danger si vous aviez eu un autre choix…

Je regarde ta mère, je veux qu'elle lise la conviction sur mon visage mais elle reste tête baissée.

— Je n'y arrivais pas financièrement. Il a proposé de m'héberger. Le père d'Archie…

Elle veut parler mais les mots semblent bloqués dans sa gorge. Après un court silence, elle reprend :

— Je ne savais pas qu'Archie avait un père… dis-je en lui tendant un mouchoir.

Ta mère rit.

— Enfin, pardon, je veux dire, je ne savais pas si vous…

— Après avoir enchaîné les mauvais choix avant la naissance d'Archie, je devais… je voulais débuter une nouvelle vie… trouver un travail…

Ta mère se mouche bruyamment. Ses yeux sont encore plus bleus lorsqu'elle a pleuré.

— Je n'avais pas d'autres choix… je ne voyais pas d'autres façons d'avancer… Un mal pour un bien. Je pensais qu'en devenant papa, il… J'allais me coucher. Comme je ne devais plus sortir, j'ai pris ce médicament pour… Et puis… il a… il était très en colère… j'ai dû boucler les valises pour le fuir. C'est pour cela que… C'était trop dangereux de rester. Je n'ai pas réfléchi. Je voulais sauver Archie.

Ta mère a replié ses jambes contre elle et les entoure de ses bras. Recourbée sur elle-même, elle semble encore plus frêle.

— Vous avez voulu bien faire. Il faut leur expliquer…

— Pardon, Madeleine, mais vous êtes naïve si vous pensez qu'avec mon dossier, ils me laisseront une autre chance…

Je jette un coup d'œil à ma montre. Je commence mon service dans cinq minutes.

— Je suis navrée, on peut en reparler plus tard… Je dois y aller…

Je me lève. Tu es toujours endormi. Tu t'es réfugié contre la paroi de ton lit, comme le font les enfants pour se rassurer. Je me penche au-dessus de toi et caresse ta petite tête blonde.

— Madeleine…

Je me retourne. La beauté singulière de ta mère me surprend chaque fois. Ses cheveux pendent de part et d'autre de son visage en une cascade sauvage, comme elle.

— Madeleine, vous comptez postuler ?

— Postuler pour quoi ? dis-je, alors que je sais très bien à quoi elle fait référence.

— …

— Comme famille d'accueil ?

Ta mère me regarde droit dans les yeux.

— Rien n'a encore été décidé. Il est temps de raconter votre histoire.

— Ils ne me croiront pas.

— Pourtant, il faut essayer, dis-je avant de quitter votre chambre.

Cette fois-ci, mon vote serait en faveur de votre équipe. Je me battrais pour que vous restiez ensemble. J'irais parler à mes collègues infirmiers, aux psychologues, aux médecins. Je tenterais de tous les convaincre que ta mère est capable de t'accueillir, que cet écart n'est qu'une exception. Que son but était de te préserver.

Mais, comme la dernière fois, personne ne m'écouterait.

43

Aujourd'hui, nous parcourons une bonne distance. Ma mère a calqué son pas sur ma cadence que j'ai tenté de ralentir un peu. Elle ne se plaint pas du dénivelé important. Lorsque sa respiration se fait bruyante, je marche plus lentement ou propose de nous arrêter quelques minutes.

Ma mère et moi faisons une pause quand Mathilde m'appelle. Je m'éloigne pour répondre. Je ne veux plus lui cacher mon histoire. Assis sur cette plage battue par les vents, je protège le combiné d'une main. Je lui parle de ma naissance, de ma mère, de l'institution, de ma future école. Les mots affluent. Elle m'écoute. Lorsque j'achève, elle reste silencieuse un moment. J'entends son souffle discret. Mathilde me manque.

— Merci, Archie. Merci de me dire tout ça. Bon, donc ça signifie que t'es un sacré survivant, ajoute-t-elle avec enthousiasme.

— En plus d'être poète et hyper beau ! Tu as tiré le gros lot !

Je voudrais lui dire autre chose que ces âneries. Par exemple, lui raconter combien j'ai envie d'être debout contre elle. Un instant, je nous matérialise sur cette plage devant moi. Je nous vois courir vers l'eau, légers. Mathilde prend ma main et je la fais tourner sur elle-même. Elle crie : *Encore cher poète, encore !* Et je la fais tourbillonner plus vite jusqu'à ce que nous atterrissions tous les deux sur le sable. Que les rires laissent place aux baisers. Que ma vie ne soit plus que cela. De l'amour, de l'amour, de l'amour. Mathilde est à nouveau nue et sa peau veloutée m'émerveille. D'un doigt, je parcours son ventre, une cuisse, je pose ma main sur sa joue et l'embrasse encore.

— Je veux te revoir, Mathilde.

— Tu m'aimes ?

Je n'ai jamais prononcé ces mots tout haut, ni pour elle ni pour qui que ce soit. Ces voyelles et ces consonnes sont une chorégraphie nouvelle pour ma langue, ma bouche. Il faut les aligner maintenant. Parce que c'est la vérité. Parce que j'en suis capable. Alors, d'une voix un peu plus grave, je les fais danser en moi. Ils effleurent mon palais et s'envolent vers elle.

Ce soir, ma mère s'est assise en tailleur sur un rocher plat. Elle a lâché ses cheveux que le vent soulève par instants. Elle ne quitte presque pas la mer des yeux.

Je fais bouillir l'eau pour cuire des pâtes. Elle ne fait pas de remarque sur le menu. Ni sur le contenu de mon sac, rempli d'autres paquets de pâtes.

— Tu lis quoi ?

— Une vieille histoire, dis-je en refermant le carnet de Madeleine.

— C'est intéressant ? essaie encore ma mère.

— C'est pas mal… Ça parle d'une personne qui tente de faire quelque chose de bien de sa vie mais n'y parvient pas.

— Ah. C'est bien. D'essayer.

Après que j'ai lu le passage sur son arrivée à l'hôpital, j'aimerais qu'elle me raconte la nuit de l'accident. L'entendre pour la première fois avec ses mots, la seule version qui compte.

— Le soir…

Comme à l'institution, ma question prend fin. Je la regrette avant même de l'avoir posée.

— Non, rien.

— Ah.

Nos vieilles habitudes reprennent le dessus. Mais, devant le soleil rose qui plonge dans la mer, le silence est moins pesant. Les questions écourtées aussi. J'ai l'impression que ce chemin peut être le début de quelque chose pour nous. Pour elle, aussi.

— Et donc tu fais quoi ici ? Enfin, je veux dire… Tu vas où… On va où ? reprend-elle avec le sourire.

— Je marche vers une école.

— C'est bien, ça… De vouloir aller à l'école… Tu n'étais pas bien dans la tienne ? Je croyais que ça allait pour toi là-bas… Enfin, à l'institution, tu disais toujours que…

— Je mentais.

— Ah.

Ma mère acquiesce en silence. Je voudrais qu'elle me dise que je ne dois pas mentir.

— Et donc, tu vas vers cette nouvelle école…

— Démocratique.

— *Démocratique.*

Ma mère brûle de poser la question. Elle se retient parce qu'elle ne veut pas me montrer son ignorance.

— C'est une école où les enfants sont libres, dis-je pour l'aider.

— *Libres* ? Libres comment ?

— Ils peuvent choisir ce qu'ils ont envie d'apprendre, de vivre. Tu sais, en fonction de ce qui les intéresse…

Ma mère essaie de dissimuler sa surprise.

— Moi non plus, je ne connaissais pas tout ça avant de partir. Je n'avais jamais entendu parler d'une école pareille.

Elle paraît soulagée.

— Donc, tu pourras faire tout ce que tu veux ?

— Oui.

— Tu feras quoi alors ?

Étrangement, je ne m'étais encore jamais posé la question. L'idée de la liberté prenait toute la place.

— Je…

— Tu écriras des poèmes toute la journée ? me demande ma mère avec un sourire de gamine.

— Oui, c'est ça. J'écrirai des poèmes.

J'aime bien que ma mère ne me dise pas que, mon projet, c'est de la merde. Que là où on va, je n'aurai pas d'endroit pour dormir, que jamais une école n'acceptera un enfant qui n'est pas accompagné de ses parents.

J'aime bien qu'elle me laisse être ce que je veux et, en même temps, je déteste ça. Parce que si ma mère regarde droit devant elle, là, maintenant, si elle reste en silence au lieu de m'inculquer le sens des réalités, c'est parce que depuis longtemps, elle a renoncé. À sa place, à son rôle, à ce qui nous lie.

44

Carnet d'Archie

Le matin où l'employé de l'institution vient te chercher à l'hôpital reste un des plus douloureux de mon existence. Je te le raconte parce que, comme tout le reste, j'ai l'impression que, de ta vie, tu dois tout savoir. Même si avec les épreuves qui s'accumulent, je commence à douter. Peut-être d'ailleurs que, ce carnet, je devrais le garder.

Il est dix heures. La journée est lumineuse. Lorsque j'entre dans ta chambre, tu es dans les bras de ta mère. Mes collègues m'ont dit qu'elle t'a tenu toute la nuit. Elle n'a pas souhaité dormir, elle voulait te contempler, prendre tout ce qu'il y avait encore à prendre.

Vos corps proches, le sourire de ta maman lorsqu'elle te parle, votre alliance qui se révèle, tout ce que je connais de vous, tout me semble soudain si parfait.

— Bonjour, je m'appelle Jean.

Je ne l'avais pas entendu entrer. Comme s'il attendait notre permission, le jeune homme reste sur le seuil. Avec son pull à capuche et son visage d'ange, je ne lui donne pas vingt ans.

— Je suis vraiment désolé de vous déranger… essaie-t-il avec une douceur désarmante.

Il n'en faut pas plus pour que ta mère ait les larmes aux yeux. Mon regard passe de ta mère et toi au jeune homme déstabilisé.

Il hésite puis se lance.

— Je peux m'asseoir ? demande-t-il en montrant le lit.

Dans une société où la distance est reine, sa question me déroute. Ta mère ne se formalise pas. Elle accepte simplement.

— Je suis désolé, répète-t-il en s'installant. J'ai débuté ce travail il y a deux semaines.

Je prends une chaise pour m'asseoir près de vous.

— C'est la première fois que je… poursuit le jeune homme. Je vais certainement faire tout de travers…

Ta mère lève la tête, surprise.

— Je vois bien la façon dont vous regardez Archie. Je vois bien que vous l'aimez. C'est une chance dans la vie d'un enfant…

— C'est gentil, murmure ta mère.

— Je peux être honnête avec vous ?

— Oui…

— Je suis censé suivre une sorte de procédure, dire des phrases creuses et… franchement, je vous regarde et tout me semble à côté.

Il soupire et passe une main dans ses cheveux.

— En fait, j'ai l'impression que la seule façon de faire serait que vous m'expliquiez comment je dois procéder.

— Moi ? demande ta mère, interloquée.

— Vous êtes celle qui connaît le mieux Archie. Si vous voulez bien m'aider…

Ta mère te soulève et te prend contre elle.

— C'est peut-être complètement débile…

— Alors, je dois vous parler d'Archie, répond ta mère en séchant ses larmes.

— D'accord, dit Jean en s'adossant contre le barreau en bout de lit.

— Je voudrais que vous sachiez que cet enfant est un miracle.

Jean écoute avec attention.

— J'imagine que, des mauvais départs, vous allez en voir dans votre métier. Avec Archie, vous commencez fort.

Le jeune homme se tait pour laisser à ta mère le temps de trouver ses mots.

— Archie, ce n'était pas un choix. Je n'ai pas voulu faire cet enfant. Mais c'est la plus belle des surprises. Il est incroyable. Sans doute que toutes les mères vous diront ça mais dans notre cas, c'est vrai. Archie méritait mieux. Archie mérite le meilleur.

Jean acquiesce.

— Archie mérite le meilleur, répète-t-il.

— Vous allez rester combien de temps ?

— Où ? demande Jean.

— À l'institution.

— Je… Je viens tout juste de commencer.

— Mais vous aimez votre travail ? insiste ta mère.

— Oui… Oui, je crois que ce métier est… que je suis fait pour ce métier… Enfin, c'est peut-être naïf de dire ça…

— Alors j'aimerais vous demander un service, quelque chose qui ferait la différence pour moi.

Les larmes coulent à nouveau sur les joues de ta mère.

— Oui, bien sûr, dit Jean.

— Le plus terrible pour moi est d'imaginer Archie pleurer sans que l'on réponde à son appel… le savoir avec des étrangers… Quand je vous regarde, je me dis que… enfin… Ça m'aiderait de savoir que quelqu'un…

Jean pose sa main sur celle de ta mère.

— *Si vous pouviez être là pour Archie, rester dans cette institution-là, vous occuper de lui. Le temps que je puisse le récupérer. Ce serait…*

— *Oui, je peux faire cela. Je vais tout faire pour être auprès de lui.*

Ta mère caresse tes cheveux et te serre contre elle.

— *Vous voulez le prendre dans les bras ? propose-t-elle d'une voix étranglée par l'émotion.*

— *Oui, j'aimerais beaucoup.*

Elle prend une profonde inspiration et te soulève pour te donner à Jean.

— *Il est costaud ! dit Jean en asseyant Archie sur ses genoux. Il mange bien on dirait. C'est quoi son plat préféré ?*

— *Des pâtes !*

— *Comme tous les enfants, remarque Jean en riant.*

Il passe un doigt sous ton aisselle et tu pousses un petit cri joyeux.

— *Bonjour Archie, je suis vraiment très heureux de faire ta connaissance.*

Tu le regardes avec curiosité.

— *Il aime beaucoup qu'on le berce pour l'endormir. Avec tous les enfants à l'institution, je ne sais pas si c'est possible…*

— *Je le bercerai, bien sûr.*

Ta mère tente de ravaler ses larmes. Tu l'observes, surpris. Tu ne comprends pas sa tristesse alors que, dans cette chambre, tout semble doux. Seuls les adultes peuvent saisir la violence qui se dessine, celle qui pousse ceux qui s'aiment à se séparer, celle qui détruit les êtres et les rend incapables de ne pas foirer. La violence d'une société qui a abandonné ses femmes. D'un monde qui ne connaît pas assez ta mère.

Jean a ce geste que je n'ai jamais vu avant. Il se rapproche de ta mère et la prend dans ses bras.

— *Je vais le récupérer, je vais tout faire pour ça. Je vous jure que je suis une bonne mère. Pour Archie, je peux l'être.*

— Je sais, je sais, répond Jean en vous serrant contre lui. On va y arriver. On va faire quelque chose de bien. Archie mérite le meilleur.

— Merci.

Elle s'écarte de Jean et d'Archie.

— Vous pouvez y aller.

— Mais… vous ne voulez pas l'embrasser avant ? demande Jean, décontenancé.

Ta mère pleure tellement qu'elle a du mal à répondre. Elle s'y reprend à deux fois.

— Si j'ai encore Archie contre moi, je ne pourrai plus vous le donner.

Elle se tourne vers toi.

— Archie, je te promets que je viendrai te chercher. Je te le promets.

45

> Tous les dragons de notre vie ne sont peut-être que des princesses qui attendent de nous voir heureux et courageux.
>
> Rainer Maria Rilke

Cette après-midi, nous progressons sous la pluie. Nous avons recouvert nos sacs à dos de plastique pour en protéger le contenu et nous n'avons rien lâché. Le vent bat la plaine devant nous et fait gicler la pluie sur nos visages. Je ne prends plus la peine d'essuyer mes yeux. Je les garde mi-ouverts, sondant ma route, affrontant l'élément. Je lutte contre le vent, l'averse, défouloirs parfaits pour la colère qui monte en moi. Ma mère reste silencieuse, une flèche qui fend la tempête, déterminée à atteindre son but.

Depuis quelques minutes, la pluie s'abat en salves majestueuses sur la mer. Je contemple son dessin. Sa plume initie au loin cette forme éphémère, sculpture qui s'évanouit dans les flots sombres. Ce paysage en furie me ramène à la grandeur de notre monde. Je comprends encore moins la prison que ma mère s'est construite. Nous marchons depuis cinq jours. Plusieurs fois, j'ai essayé de lui poser des questions sur son histoire mais ma mère les repousse systématiquement. Elle affirme que cela n'a pas d'importance, que tout ce qui compte est sous nos yeux.

La fraîcheur de l'eau sur mon visage ne suffit plus. La colère me brûle. Souvent, je veux crier. Je tente de ravaler tout cela, comme on dissimule ses émotions avec un inconnu. Sinon, j'aurais peur qu'elle parte, qu'elle m'abandonne ici. Tout est encore fragile, elle, moi, nous deux. Je voudrais pouvoir hurler et qu'elle reste quand même sur mon chemin.

Ce soir, ma mère est occupée à préparer notre repas lorsque je referme le carnet de Madeleine.

— Tu me l'avais promis… Tu me l'avais promis et tu n'es pas revenue !

— Mais, Archie, de quoi tu parles ?

— De notre vie, Maman ! De tes promesses à la con. De tous ces mystères. On marche depuis des jours et tu ne me racontes rien !

— Mais, Archie, qu'est-ce qui te prend ?

— Arrête !

J'ai crié. Ma mère a sursauté et renversé son gobelet d'eau sur elle.

— Arrête, dis-je plus doucement. Je ne peux plus vivre comme cela… avec tous ces trous dans mon histoire…

— Je…

— Je veux la vérité. Tous les deux, on a besoin de la vérité.

— Archie, ce ne sont pas de jolis souvenirs…

— Et je ne suis plus un gamin, Maman… En gardant tout pour toi, tu me laisses dans le noir.

— Dans le noir ?

— Je ne comprends rien à notre vie, à tes choix… Du coup, je ne sais pas comment t'aider. Ton silence me prive… de… de… de tout ! Enfin, tu ne te rends pas compte que je ne peux rien faire ?

Ma mère s'est assise face à moi. Son visage hâlé se creuse.

— Qu'est-ce que tu veux savoir, Archie ? demande-t-elle en ramenant ses genoux contre elle.

— Tout. Je veux tout savoir.

— Tout…

Un instant, ma mère tourne la tête vers la mer comme si elle pouvait y puiser de l'énergie. Notre discussion prend la forme d'un étau qui se resserre autour d'elle. Un moment qu'elle a redouté. Faire le compte rendu de ses échecs à celui qui en paie le prix.

— Tout, depuis le jour où Jean est venu me chercher à l'hôpital, dis-je pour lui donner un point de départ.

Ma mère acquiesce. Elle ouvre la bouche mais la referme aussitôt. Il lui faut encore une minute avant de prononcer sa première phrase.

— Ce matin-là… commence ma mère. Ce matin-là, je croyais encore que tout était possible.

Elle s'interrompt. Elle essaie de maîtriser l'émotion qui gonfle. Je voudrais la prendre dans mes bras. C'est étrange d'être tiraillé entre deux extrêmes. La détester, l'adorer. Je reste au point neutre, avec ce corps qui ne s'incline pas vers elle mais qui ne s'éloigne pas non plus. Dans ce lieu que je ne connais pas.

— J'étais effondrée. C'est terrible de devoir quitter son enfant même pour quelques jours. Pour tenir, je me disais que j'allais rapidement te retrouver, que je ferais mieux, que j'allais trouver des solutions.

Ma mère soupire.

— Je devais trouver un lieu pour vivre et t'accueillir. Je devais régulariser ma situation et essayer d'obtenir un travail. Surtout, je devais ne pas rechuter. Une liste de choses que tout le monde réussit facilement. Je pensais vraiment que, moi aussi, je pourrais y arriver. Ce matin-là, j'y croyais. Ce n'était pas des promesses en l'air.

Elle se redresse. Derrière elle, le soleil s'immerge lentement dans la mer. Ma mère reprend d'une voix plus grave. Elle prononce chaque mot lentement.

— Je me suis installée dans le premier logement trouvé, un studio loin de la ville et de l'institution. Madeleine m'avait proposé de m'accueillir chez elle mais… j'ai refusé. Avec le recul, je ne comprends pas pourquoi. J'étais jeune. Je crois que je voulais me prouver quelque chose. Vivre comme tous les autres sauf que… je n'étais pas les autres. Pendant les quarante-huit premières heures, je n'ai fait que deux choses sans relâche : postuler partout où mes compétences me le permettaient et penser à toi.

Ma mère marque une pause.

— Après une semaine, mon espoir du premier jour s'était volatilisé. Je n'avais que des refus. J'ai pu te voir. La joie de te prendre dans les bras puis l'horreur de devoir te laisser. Tes pleurs au moment du départ. J'essayais de t'expliquer mais rien ne pouvait te calmer. Je suis désolée, Archie.

Elle tend les mains vers moi comme si j'étais à nouveau ce bambin qu'elle quitte.

— Je n'ai aucune excuse. Le vide, tes pleurs, ma douleur d'échouer ont pris toute la place. Et… après quelques mois de cette vie-là, j'ai… Je suis revenue à la case départ. Avec ce futur à bâtir, une montagne que j'étais incapable de gravir. Tu veux le détail sur quatorze ans ?

— Jean dit que tu refuses de m'accueillir.

Ma mère baisse la tête.

— Aujourd'hui, c'est différent. Je ne suis plus que la somme de… ces échecs. N'importe qui serait mieux pour toi que moi.

Je me lève, en colère.

— Ça me rend dingue, cette vie où je ne décide de rien, dis-je avant de m'éloigner.

46

Carnet d'Archie

Sur tous les visages d'enfants, pendant longtemps, je n'ai vu que le tien. Je ne pouvais rien éprouver sans que tu sois forcément présent. Un geste, un rire, un regard, un mot, tout me ramenait à toi. J'ai souvent rêvé de t'accueillir. Des dizaines de fois, j'ai saisi mon téléphone pour appeler l'institution et m'informer des démarches. Puis, la tonalité et la réalité qu'elle contenait me rappelaient à l'ordre. Je reposais le combiné, la main coupable, le cœur battant.

Finalement, je n'ai jamais déposé de demande pour obtenir ta garde. Je voulais que ta mère ressente une urgence à te récupérer. J'ai pensé aussi que, si je t'accueillais quelques jours, je voudrais te garder toute la vie. J'ai songé que je ne serais pas à la hauteur. J'étais déjà trop seule, trop abîmée. Quand ce projet dangereux m'envahissait, je le repoussais. Je dressais la liste de toutes les raisons d'abandonner et, lorsque cela ne suffisait pas, je me rappelais la question de ta mère. Madeleine, vous comptez postuler? Elle me laissait avec cette incertitude. Voulait-elle me dire de ne pas le faire ou, au contraire, était-ce un appel à l'aide? Dans l'inconnu, j'ai choisi de ne pas bouger.

Comme toujours lorsque l'on reste immobile, les semaines se sont transformées en mois et les mois en années. Je croyais qu'avec le temps, vos visages disparaîtraient de mon quotidien, que mes nuits seraient à nouveau tranquilles. Mais votre présence s'ancrait d'une autre façon, tel un souffle discret sur toutes mes heures.

J'ai gardé le contact avec ta mère. Forcément. Nos appels étaient brefs. Au son de sa voix, je pouvais dire si les choses allaient bien ou non. Elle affirmait pouvoir y arriver. Chaque fois, elle répétait que ce n'était qu'une question de semaines avant de pouvoir te récupérer. L'appel d'après, l'adversité l'avait poussée à rechuter.

J'ignorais quelle était ma place dans tout cela. Je savais que je devais prendre des nouvelles, formuler mon soutien d'une manière ou d'une autre. Pour le reste, j'avais un sentiment profondément désagréable, celui de contenir un problème sans lui apporter de solution. Mes conversations avec ta mère ne parvenaient pas à éteindre le feu. Elles ne visaient qu'à apaiser ma culpabilité. Nos échanges prenaient la forme de vagues. Une fois le point culminant atteint, le versant descendant nous attendait inexorablement. Les crasses dans le sillon de l'espoir, l'espoir dans le sillon des crasses, valse, alternance entre deux temps dont aucun, dans cette succession infinie, n'augurait plus rien de bon.

Ta mère ne parvenait pas à aller suffisamment bien. Suffisamment longtemps. Elle ne tenait pas. Son histoire était un manteau sombre dont elle ne semblait pas pouvoir se dégager. Elle était capable de lutter mais pas de gagner. De s'offrir une présence, quelqu'un contre soi, quelqu'un avec soi. Un peu comme moi, tu me diras. Oui, un peu comme moi. On n'est pas touché par hasard par un autre. J'ai croisé des milliers de patients et vous êtes les seuls à être restés avec moi.

Pour ta mère, je savais que je devais faire plus. M'attaquer à la source de sa souffrance. J'ai repris l'histoire de ta mère, l'ai ressassée encore et encore. Puis, j'ai fait la seule chose qui, selon moi, pouvait l'aider. Je me suis mise en quête de son frère.

Lors de son premier séjour à l'hôpital, ta mère avait repris son récit exactement là où nous l'avions laissé. L'enfant de six ans qui hurle et se débat dans le lit de ses parents parce que son petit frère a disparu. Dans cette bâtisse au milieu des champs, au cœur de la nuit, l'atmosphère avait soudain changé.

D'un phrasé lent, ta mère m'avait partagé ce temps flou, ces journées qui paraissent irréelles comme le chagrin qui les porte. Chaque matin, le même deuil, la découverte d'un lit qui s'est vidé.

Les premiers jours, la petite ne se lève pas. Elle reste allongée, elle pleure, elle dort, elle attend sa fin. Dans ce foyer où l'on ne prend pas soin des autres, il est facile de se dégrader. La douleur prend toute la place dans son ventre et lui donne la nausée. Elle a soif mais ne boit pas. Elle pressent qu'il y a cette porte de sortie. La souffrance n'est pas infinie, un sommeil profond, définitif, pourrait y remédier. Le corps s'assèche, les lèvres se gercent, elles saignent maintenant. De son lit, elle entend sa mère arpenter les autres pièces. L'enfant s'endort à nouveau.

Lorsqu'elle se réveille, la soif a disparu. Elle remue les lèvres et la saveur grasse d'un onguent se dépose sur le bout de sa langue. Elle voudrait partir mais quelqu'un la retient. Pour mourir, elle devrait ne jamais dormir. Mais veiller exige une énergie qui lui fait défaut.

Lors de certains réveils, sa bouche a le goût du lait. Elle se souvient de son petit frère endormi qui tète mécaniquement le biberon jusqu'à le vider. Étrangement, ce souvenir a un effet différent cette fois. Ce n'est pas la peine qui domine mais l'interrogation. Elle se demande si elle pourrait encore le voir. Si c'est de l'ordre du possible.

Avec le corps qui reprend des forces, la porte de sortie prend une autre forme. Elle pourrait se lever, remplir un sac avec quelques affaires, quitter sa maison et partir à la recherche de son frère. Jusque-là, elle pensait n'avoir aucun pouvoir. Avec ce projet, son frère se dessine déjà. Dans ses rêves, il apparaît si proche. Parfois, elle peut même le toucher. L'autre nuit, il s'est mis à parler. Elle a tendu l'oreille mais aucun son ne lui est parvenu. Elle a fait un pas vers lui pour l'entendre mieux, mais une vitre les séparait. Les songes étranges se multiplient tel un appel. Chaque fois qu'elle s'endort, il est là, flanqué des traits qu'elle connaît mais avec des airs de plus grand.

Petit à petit, ces rencontres nocturnes nourrissent son rêve. Son corps a repris un poids normal, ses yeux ne sont plus cernés, son énergie l'empêche de rester encore allongée à attendre. Elle a une vague idée de ce qui se situe au bout de la route qui mène à sa maison. Elle se souvient d'un village. Sa mère l'y a emmenée plusieurs fois avant qu'ils n'aient le petit. Elle tente d'évaluer la longueur du trajet. Il faut juste savoir si elle peut y arriver en un jour. La petite ressasse sans certitude les informations dont elle dispose. Le jour suivant, elle entrouvre la porte pour observer sa mère. La femme est absorbée par son ménage. Maintenant que la fillette a récupéré une santé, elle a dit à son mari qu'elle n'allait plus s'en occuper comme d'un bébé.

Une envie croît désormais. Quitter sa maison, découvrir le monde, retrouver son frère. Le soir, elle décide de laisser ses rideaux ouverts pour être réveillée par l'aube. Avant de se coucher, elle prend un sac à dos et y glisse trois culottes, un gros pull, deux pantalons. Elle ajoute ce qu'elle a pu subtiliser quand sa mère était dehors dans le jardin. Du pain, une carotte, deux pommes, un peu de sucre.

Le matin, elle s'éveille avec les premiers rayons de soleil. Elle saute de son lit et enfile la tenue qu'elle a portée la veille. Elle contemple sa chambre. Elle ignore s'il faut dire au revoir aux objets lorsqu'on les voit pour la dernière fois. Elle n'a jamais fait ses adieux à personne. Sa chambre lui paraît plus douillette maintenant qu'elle s'apprête à la quitter. D'une main qui tremble un peu, elle appuie sur la poignée pour sortir.

La petite est debout sur le seuil de la maison avec ce chemin devant elle. Elle pose un premier pas et les autres suivent avec une facilité déconcertante. Cela semble si naturel de marcher sur cette route, de les fuir.

Le soleil est encore bas quand elle atteint les premiers voisins. Elle hésite à débuter ses recherches. Quelque chose lui dit que son frère n'est pas ici, qu'il faut s'éloigner encore de son foyer.

Elle laisse les bâtisses derrière elle et le lacet de béton serpente maintenant au milieu des champs. La route s'engage dans une vallée et, où que la fillette regarde, elle ne voit que la nature, sous une forme maîtrisée par l'homme ou abandonnée à elle-même. D'un pas rapide, elle sillonne ce paysage gorgé de sève printanière, des arbres centenaires, des fleurs qu'elle ne connaît pas.

Une heure s'écoule. Elle s'arrête pour boire quelques gorgées d'eau. Elle s'interdit d'en avaler plus de cinq. Il faut en garder pour plus tard. Elle prend un bout de pain et le mâche lentement. Le soleil a pris de la hauteur. Elle enlève son pull et le noue autour de sa taille avant de reprendre la marche.

Au sommet de la colline suivante, elle aperçoit un mur blanc, un toit de tuiles rouges. Elle accélère la cadence et les maisons se multiplient. La fillette n'écoute pas sa faim et grimpe la pente qui la sépare encore du bourg.

Lorsqu'elle atteint les premières demeures, les volets sont clos. Personne ne circule dans la rue. Elle a pris l'habitude d'observer la course du soleil pour se situer dans sa journée. Son ventre qui grogne l'aide dans son évaluation. L'après-midi a débuté. Le hameau se repose. La petite hésite à frapper aux portes. Elle a peur d'être mal reçue.

Elle parcourt la rue principale, sonde les façades, s'interroge sur ce qu'elles cachent. Elle s'attarde devant une porte d'un bleu turquoise. Si la couleur est joyeuse, peut-être dissimule-elle des personnes qui le sont aussi ? Elle voudrait essayer ici.

Elle s'apprête à frapper le bois lorsqu'elle entend le sanglot d'un bébé. Cela vient de l'autre côté de la rue, de l'habitation avec la porte bleu marine. Elle arrête de respirer pour écouter le cri avec attention. Elle veut savoir si c'est le sien. Elle détaille la plainte mais peine à l'identifier. Les pleurs de son frère sont déjà loin. Elle les croyait uniques mais maintenant qu'ils sont confrontés à ceux d'un autre, elle n'a aucune garantie. Elle traverse la route et s'apprête à sonner.

— Qu'est-ce que tu fais, petite ?

Une dame a ouvert. Elle se tient debout dans l'entrée et la regarde d'un air mécontent. L'enfant recule en bredouillant une excuse.

— Que fais-tu ici ?

— Je… Est-ce que Paul est là ? fait la fillette en tentant d'apercevoir l'intérieur du salon.

— Paul ? répète la femme en plaçant les poings sur les hanches.

— Oui, Paul. C'est mon petit frère. Il a disparu et je le cherche…

La femme secoue la tête.

Elle avance d'un pas pour constater que la rue est déserte.

— Mais… tu es seule ?

L'enfant hésite à répondre.

— Non, murmure-t-elle sur un ton peu convaincant.

— Entre vite, je ne peux pas laisser le bébé pleurer comme cela, ordonne la femme, agacée.

Docile, la petite suit.

Archie

Lorsque ta mère frôle le seuil de cette maison, elle vit un des instants les plus lumineux de son existence. Elle connaît le bonheur d'avoir un frère. Elle est convaincue qu'il est là, qu'il l'attend. Elle sait la douceur de sa peau. Elle peut déjà la sentir contre la sienne maintenant qu'elle est tout proche de lui à nouveau.

47

— Et dans cette école, comment font les autres enfants pour apprendre ?

Le chemin s'est élargi et nous permet de marcher côte à côte.

— Apprendre ? dis-je, parce que je ne comprends pas bien sa question.

— Oui, apprendre. S'ils ne sont pas obligés d'apprendre les lettres, les calculs… Enfin, un enfant qui est libre va plutôt vouloir jouer que mémoriser des lettres, non ?

Je souris.

— Ma question est débile, c'est ça ? ajoute tout de suite ma mère comme si elle voulait l'effacer.

J'attrape sa main.

— Non, je souriais parce que je suis heureux que tu me poses des questions.

Son visage se détend. Ses cheveux ont blondi au soleil.

— Tu as raison de demander ça car c'est la crainte la plus fréquente et du coup, ce sujet ressort beaucoup dans les quelques articles que j'ai lus.

— Ah.

— En fait, les enfants apprennent énormément en jouant. Ils apprennent à apprendre. Par exemple, lorsqu'ils font un puzzle, ils doivent essayer différentes pièces, persévérer, s'encourager, regarder, analyser… Autant de compétences qui leur seront essentielles pour apprendre par la suite.

— C'est fou !

— Oui, c'est fou ! dis-je, heureux que ma mère s'intéresse à mon école.

— Mais, à un moment, il faut quand même apprendre les mathématiques et l'écriture, non ? Du coup, il faut un peu… forcer les enfants… enfin, tu vois ? demande ma mère.

— C'est justement ça, la magie ! Si un enfant a appris à apprendre, le reste viendra tout seul.

— Plus rapidement, tu veux dire ? essaie-t-elle.

— Beaucoup plus rapidement.

— Ah.

Ma mère a lâché ma main pour relever ses cheveux en chignon. Le soleil est presque à la verticale et de petites gouttes de sueur perlent sur ses épaules. Elle porte le même genre de tenue tous les jours. Un short en jean et un débardeur en coton blanc. Lorsqu'il y a du vent, elle enfile un pull bleu marine que je connais bien. Elle l'a souvent porté lors de ses visites à l'institution. Cette pensée me serre le cœur. Je sais bien ce que cela signifie quand une personne met toujours les mêmes affaires. C'est sans doute qu'elle n'en a pas vraiment d'autres.

— Oui, mais, même s'ils apprennent vite, il faut encore qu'ils aient envie d'apprendre les mathématiques et tout le reste ?

J'aime bien qu'elle insiste, qu'elle ne lâche pas l'affaire.

— En réalité, si on laisse un enfant libre, il a naturellement envie d'apprendre… À peu près tout !

Ma mère se tourne vers moi, surprise.

— C'est vrai ? C'est dingue quand même, non ?

Je ris.

— C'est un peu comme voir le monde à l'envers, tout ce que tu me racontes là ! Tu me dirais que, dans cette région, on voit souvent galoper des licornes, ça me ferait le même effet, dit-elle en faisant de grands gestes en direction de la plaine.

Ma mère et les licornes, deux éléments que je n'avais jamais combinés. Son rire est léger, à l'opposé de tout ce que je connais d'elle. Avec lui, tout semble soudain possible.

— Tu habiteras avec moi là-bas ? J'irai dans cette école et je t'aurai comme mère ?

Ma mère redevient sérieuse.

— J'ai toujours été ta mère, rétorque-t-elle avec une pointe de colère.

— Je voudrais que tu le sois totalement. Je voudrais être comme ces autres jeunes. Je voudrais en avoir marre de toi.

Ma mère sourit tristement.

— J'ai prévenu Jean que je te rejoignais sur ce chemin. J'étais obligée de le faire. Il s'inquiète tellement. Je leur ai demandé de nous laisser un peu de temps.

Sa dernière phrase me paralyse.

— Ça veut dire que tu comptes me ramener là-bas ? dis-je en m'arrêtant net.

— Je… je n'ai pas d'autre choix…

— Lâche-moi avec ce truc ! Tous les jours, t'as le choix.

— Mais… je n'y arrive pas…

— T'en as juste pas envie ! Sinon, tu essayerais au moins !

Je regarde ma mère dans les yeux. J'ai envie de la frapper tellement sa passivité m'énerve.

— Quelle vie de merde quand même ! Je n'en veux plus de cette vie-là. Je ne retournerai pas en institution. J'irai dans cette école, avec ou sans toi.

À cet instant précis, la réalité et toutes ses contraintes sont loin. Je suis face à ma mère et je ne veux pas flancher. Avec mon élan, mon monde s'est scindé. Mes rêves puis le reste. J'ignore comment mais cette école, je la vois déjà. Je sens presque le bois des bancs sous mes fesses. Elle et moi, c'est le futur. Je n'ai jamais été aussi convaincu. Le grand air a fait de moi un aventurier. Je vois grand. Je vois comme je vis, avec ces paysages infinis plein les yeux.

— Si j'y crois alors que je n'ai rien pour moi, toi aussi tu peux y arriver.

Nous restons en silence, à écouter encore ces derniers mots. La façon dont ils caressent nos cœurs et pourraient nous enchanter. Devant nous, se joue cette double vie, celle qui prend sa source dans la souffrance et celle qui jaillit du désir. Je me retourne et avance sur mon chemin comme si j'étais seul au monde.

Parce que face à nos rêves, nous le sommes toujours un peu.

48

Carnet d'Archie

Le bébé est couché sur une couverture à même le sol. Depuis son poste debout dans l'entrée, elle ne voit pas son visage. Elle n'en a pas besoin. La silhouette qu'elle a détaillée tant de fois ne lui paraît pas être celle de son Paul. Elle voudrait se laisser aller, s'effondrer sur le carrelage de cette maison inconnue.

— Alors comment t'appelles-tu mon enfant ? demande la femme qui tient maintenant un combiné à la main. Je dois prévenir tes parents. Ils sont sans doute en train de te chercher, toi… et ce Paul…

La petite se tend, marche à reculons vers la porte et s'enfuit.

Elle court dans la rue, jette un regard derrière elle puis s'engage dans une impasse qui s'enfonce entre deux bâtisses. Elle s'assied pour reprendre son souffle. Elle essaie de réfléchir à la meilleure façon de progresser. Elle n'avait pas imaginé que ses parents pourraient la chercher. Ils auraient pu l'empêcher de partir parce que son père n'aime pas Paul et qu'elle allait le retrouver, mais la chercher, elle ne l'avait pas envisagé. C'est étrange. Pourquoi voudraient-ils la récupérer ? Pour aider au ménage peut-être ? Pour tenir compagnie à la mère ? Ses idées se brouillent, elle fatigue. Elle ouvre son sac et décide de manger avant de poursuivre ses recherches. Elle hésite entre engouffrer sa part ou la mâcher lentement pour faire durer. Parce qu'elle ignore quoi choisir, elle fait un peu des deux.

Lorsqu'elle se lève, son esprit semble plus clair. Elle s'encourage même. Il y a beaucoup d'autres foyers dans ce village, autant de chances de récupérer son frère.

À la sortie de l'impasse, elle se penche pour vérifier que la femme au bébé ne la cherche plus. La rue est déserte. Elle traverse celle-ci rapidement et, une fois de l'autre côté, frôle le mur pour avancer à couvert. Elle observe les portes en quête d'une plus colorée. Elle tente de percevoir les voix dans les habitations. Il y a cette porte d'un rouge vif inspirant mais derrière laquelle tout semble silencieux. L'espoir qui la tenait lorsqu'elle a frappé à cette première porte se mélange maintenant à la peur. Elle lève la main et frappe le bois. Son cœur s'emballe. Il bat si fort qu'elle ne parvient pas à entendre ce qu'il se passe de l'autre côté, à l'intérieur de la maison. Elle attend. Personne ne vient. Elle hésite à frapper à nouveau. Elle parcourt des yeux la rue pour évaluer si une autre porte pourrait rivaliser avec le brillant de celle-ci. Elle en aperçoit une d'un vert d'eau discret. Elle se poste devant et recommence son manège. Personne ne vient non plus. Elle reprend son entreprise plusieurs fois. Couleur de porte, pas rapides, main levée, cœur battant, silence et fin.

À la cinquième, elle croit entendre un bruit de pas à l'intérieur. Elle guette, toujours la main levée. Un vieil homme ouvre.

— Bonjour monsieur, je cherche mon petit frère.

— Votre petit frère ?

— Oui, il s'appelle Paul…

— Ah, et quand l'as-tu vu pour la dernière fois ?

L'enfant réfléchit.

— Il y a longtemps quand même…

— Tu veux dire plusieurs heures ? interroge le vieil homme en se grattant la barbe.

— Non, plusieurs jours !

— Mais, dans ce cas-là, c'est la police qu'il faut prévenir, mon enfant ! Mais où sont tes parents d'ailleurs ? demande-t-il en s'avançant vers le seuil pour sonder les alentours.

Elle doit gagner du temps.

— Donc vous n'avez vu aucun bébé ?

— Un bébé maintenant ?

— Personne dans le village n'a reçu un bébé avec des cheveux bruns ? essaie-t-elle, au bord des larmes alors qu'elle sent l'étau se resserrer autour d'elle.

Plus loin dans la rue, une voisine est sortie de sa maison et se dirige vers eux. La petite reconnaît la femme de tout à l'heure. Elle recule, se retourne et dévale quelques marches. La femme se rapproche d'un pas rapide.

— Je crois que c'est la gamine qui vit dans la ferme au bout de la route, crie la femme en montrant la fillette du doigt. J'ai eu le poste de police en ligne et sa mère a signalé sa disparition.

L'enfant se met à courir mais les adultes semblent surgir de partout.

Ta mère ne se rappelle pas les détails. Ni cette fois-là ni les suivantes. Les enfances tragiques ont ceci de particulier qu'elles s'inscrivent dans un flou. Parce qu'elles ne se vivent pas, elles s'oublient. Le traumatisme est partout. Il brûle, il détruit, il éteint.

Pour la suite, ta mère ne se souvient que du contenu de son dossier. Vingt-deux fugues pour retrouver son frère.

Au retour de la vingt-deuxième, ta mère est épuisée. Elle est alors âgée de dix ans mais ses traits creusés lui donnent un air de vieille. C'est un souvenir qui est resté précis dans son esprit parce que, pour la première fois, ses parents l'attendent sur le seuil de sa maison. C'est étrange mais elle en a toujours rêvé. Être attendue quelque part. Être attendue par quelqu'un. Une joie soudaine l'envahit et elle ne voit pas immédiatement les autres. La voiture, la femme, l'homme, tous deux vêtus d'une tenue sombre.

Ta mère ne fuguera plus jamais. Elle ne se débat pas lorsque les deux inconnus la guident vers leur voiture. Ses parents la livrent à une institution pour jeunes difficiles, comme on se débarrasse d'un produit qui ne donne pas satisfaction. Un foyer où chaque pensionnaire est considéré perdant et perdu dès l'entrée. Un lieu où ta mère ne serait plus jamais regardée avec ses possibles. Réduite à ses crimes, à ses fuites répétées, à sa rébellion, elle ne deviendrait que la plus petite version d'elle-même. Un enfant sans lumière.

Avant ce récit, ta mère m'était apparue comme un être sans volonté, incapable de se battre. Pourtant, dans sa tendre enfance, elle n'avait fait que cela. Lutter pour survivre, lutter pour aimer, lutter pour mourir. Renoncer puis lutter à nouveau. Elle n'avait pas baissé les bras lorsqu'on l'avait ramenée à la maison avec son manque. Elle n'avait pas abandonné non plus face aux menaces et à la violence des adultes. Ce n'est qu'entre les murs de l'institution qu'elle avait rendu les armes. Dans ce lieu loin de tout ce qu'elle connaissait, elle n'avait plus eu l'énergie de partir pour le chercher. Et, comme pour tous les êtres sur terre, de l'abandon de son rêve avait résulté une petite mort.

Il ne faut pas grand-chose pour briser un être humain. Lui offrir l'amour puis le lui retirer. Lui offrir l'espoir puis le lui ôter. Et recommencer ce cycle jusqu'à le faire craquer.

J'ai trouvé son frère et ai transmis ses coordonnées à ta mère.

49

Nous marchons en silence depuis une heure. J'ai avancé devant elle pour lui prouver que je tiens bon avec mon projet et elle a accéléré la cadence. Peut-être pour me montrer que sa décision n'est pas définitive. Tant que j'entends son pas dans mon dos, il y a de l'espoir.

Devant moi, mon chemin file à travers une nature sauvage léchée par une mer turquoise, comme si absolument rien ne pouvait l'arrêter. Face à ce spectacle, il est impossible de faire marche arrière. Au milieu de tant de beauté, on ne peut qu'être optimiste. Alors j'élabore un plan B, un plan sans ma mère. Les options ne sont pas évidentes mais je m'encourage. On trouve toujours quand c'est important.

— Arrête avec ce rêve !

La voix de ma mère est cinglante.

— Depuis quand, toi, tu es experte en rêve ? Toi qui n'as jamais rien fait de ta vie…

Je m'arrête et me tourne vers elle.

— Tu ne veux pas être dans ma vie… mais alors fais ce que tu sais faire de mieux, brille par ton absence ! Fous-moi la paix ! Retourne à ton petit appart' de merde et à tes crasses !

— Archie, tu ne peux pas me… parler… comme cela.

Le visage de ma mère est blême.

— Je… J'ai déjà eu un rêve, essaie ma mère.

— En tout cas, pas celui d'avoir un fils !

Des larmes coulent sur ses joues.

— J'ai eu un rêve avant, répète ma mère d'une voix faible. Mais les rêves… détruisent. Les rêves, ça ne marche pas. Je ne sais pas pour qui sont les rêves mais ce n'est pas pour nous.

— Il n'y a pas de nous, Maman. Il n'y a jamais eu de nous.

Je tourne la tête vers l'océan pour ne pas voir l'impact de mes mots sur son visage.

— Je veux juste t'empêcher de souffrir… comme j'ai souffert… J'ai foutu ma vie en l'air pour ce rêve. Il a pris toute la place, et puis, lorsqu'il est parti, ce vide est devenu insupportable… et j'ai…

— C'est à cause de ton frère ?

— Quoi ?

— Ton frère ? Tu as eu un frère, non ?

J'ai crié sans le vouloir.

— Je… C'est du passé.

— Le souci, c'est que le passé, c'est aussi beaucoup notre présent.

Je m'efforce de la regarder à nouveau dans les yeux.

— Que, quand tu prends en cachette tes petits comprimés, ton passé est toujours bien là…

— Archie…

— Non. J'en ai marre. Pourquoi est-ce que tu m'as rejoint ici ? Pourquoi venir ici et ne nous laisser aucune chance ?

— Mais je…

— Tu crois qu'on va me confier à une mère qui se drogue ? Tu crois que je vais pouvoir être accepté dans cette école si je ne peux pas habiter avec un adulte à proximité ?

— Je… Je croyais que tu voulais juste qu'on marche…

— Parce que t'as pas envie de vivre avec moi ?

— Archie, je ne suis pas à la hauteur.

— Ça, ce sont des conneries…

— J'ai failli te tuer.

La voix de ma mère a à peine tremblé, comme si elle avait répété cent fois ces mots pour se les approprier.

— Je ne veux pas… Je veux que tu sois vivant, Archie. Tu es trop précieux. Je ne suis pas capable…

— Et moi, je ne suis plus capable de grandir sans toi.

Ma mère s'approche de moi et me serre dans ses bras. Je souffle comme je peux pour évacuer tout ce qui monte en moi. Elle se recule et prend mon visage dans ses mains. Ses paumes sont douces. Elle reste là à me regarder. Puis, elle dépose un baiser sur mon front. Un instant, je ne suis plus Archie, poète et roi du monde, je suis son enfant.

Elle s'assied sur le bord du sentier. D'une main, elle balaie pour moi la place à côté d'elle et la poussière vole un peu plus loin. Son geste me fait sourire. Adorable et inefficace, un peu comme nous sur ce chemin.

— Pourquoi ne pas retrouver ton frère ?

— C'est compliqué, mon Archie, murmure ma mère.

— Qu'est-ce qui est compliqué ?

— Le trouver… le…

— Arrête, Maman, je sais que tu as son numéro de téléphone. Il suffit de le composer.

Ma mère secoue la tête. Elle veut parler mais lorsqu'elle ouvre la bouche, l'émotion l'assaille. Elle est à nouveau là-bas devant toutes ces portes qui se ferment, en quête de cette odeur de bébé, elle s'approche, elle y croit, elle échoue, elle tente encore et, dans ce cycle infernal, elle se brise.

— J'ai un poème pour toi, dis-je en glissant une main dans la poche arrière de mon short.

Comme si cette phrase pouvait éluder toutes les souffrances, ma mère sourit. Elle essuie ses larmes et se redresse.

Sur fond de mer et de ciel bleu, nos corps hâlés caressés par les embruns, nous avons soudain l'air parfaits. Les crasses s'envolent avec les souvenirs. Il n'y a plus que nous deux, perchés sur le toit du monde, face au spectacle de tout ce qu'il a à nous offrir. Je déplie ma feuille. Pour une fois, je veux lire mon poème à voix haute. Que mes mots soient un chant de ralliement, qu'ils nous enveloppent, nous habitent et ne nous lâchent plus.

J'aimerais pouvoir les effacer
Ces blessures qui t'enferment
Parce que quand je te regarde
Ce ne sont pas les crasses que je vois
Ce ne sont pas nos années séparés
Ce sont toutes celles à venir

Archie

Je vois l'espoir qui t'a animée
La force, l'amour et la lumière
Je vois ta main dans la mienne
Je vois une école où je suis libre
Et une existence où tu l'es enfin

50

Carnet d'Archie

— Madeleine, ça ira, je vais m'en sortir, rétorque ta mère.

Je ne bouge pas. Je resserre mon manteau pour me protéger de l'air glacé de ce début de soirée.

— Merci, Madeleine, mais je vais te laisser… rentrer chez toi.

Ta mère titube.

— Viens chez moi. On pourra discuter. Tu dormiras une bonne nuit et tout ira mieux demain, dis-je en posant ma main sur son épaule.

Avec les années, le vouvoiement a laissé place à autre chose. Nous ne sommes plus l'infirmière et la patiente.

— J'avais trouvé un travail, je tenais bon, je ne prenais plus rien, je le jure… et ce connard de juge…

Ta mère se rattrape comme elle peut au chambranle de la porte.

— J'étais si proche de récupérer Archie… J'étais en retard de trente minutes… Trente minutes ! hurle-t-elle maintenant. Trente putain de minutes, et il fout en l'air ma vie.

Le mascara strie ses joues de noir. Ses mains tremblent. Ta mère qui avait si bien tenu est à nouveau en train de couler.

— Archie va avoir huit ans demain, dit-elle, la voix tremblante.

Je veux la prendre dans mes bras mais elle me repousse.

— Huit ans foutus en l'air. Huit ans sans y arriver.

Du dos de sa main, elle essuie morve, larmes, mascara. Son corps oscille encore de l'avant vers l'arrière et, par magie, se stabilise en son centre.

— Je vais aller me coucher, murmure-t-elle.

— Je ne te crois pas.

— Quoi ?

— Je ne crois pas que tu veuilles te coucher, dis-je avec fermeté. Je pense que tu ne peux pas être seule, là, maintenant.

— Mais de quoi tu te mêles à la fin ? Qu'est-ce que t'as avec nous ?

Ta mère devient agressive.

— Si je te laisse rentrer chez toi, tu vas prendre… et j'ai peur…

— Peur de quoi ?

— …

— Peur qu'une mère débile, incapable de récupérer son fils, fasse une overdose ?

— Oui, j'ai peur de ça.

— On sait bien toutes les deux qu'Archie mérite une autre mère que moi. Toi, l'infirmière toute parfaite, tu ne vas pas me dire le contraire ?

— Je…

— Tu quoi ? Tu te répètes sans doute que tu aurais fait bien mieux que cette mère foireuse que tu te traînes depuis des années ?

— Tu n'es pas dans ton état normal. Viens, on va rentrer chez toi, je vais…

Je veux prendre ta mère par le bras mais elle se dégage d'un coup sec et me fait perdre l'équilibre.

— Tu ne penses pas que tu es meilleure que moi ? insiste ta mère.

Elle me fusille du regard. J'imagine que ça fait longtemps qu'elle ressasse sa question.

— Non.

— Cette putain de politesse ! Évidemment que tu ferais tout mieux ! hurle-t-elle.

Elle attrape mes deux bras fermement et vocifère :

— Alors, dis-moi un truc, pourquoi tu trouves que tu n'es pas meilleure que moi ?

— Parce qu'il y a neuf ans, après avoir une fois de plus bu, j'ai tué mon mari et mon bébé dans un accident de voiture.

51

— Donne-moi son numéro, dis-je simplement.

Ma mère se raidit.

— Maman, je vais l'appeler. Si tu n'y arrives pas, je vais le faire.

— Non…

— Mais pourquoi ?

— S'il ne veut pas me parler… S'il est mort, je le perdrai… Je ne supporterai pas…

— Oui mais s'il est vivant ?

— Archie…

— Un frère, c'est important.

Ma mère soupire.

— Tu peux le faire, Maman. Tu es tellement forte.

Elle rit.

— Forte… répète-t-elle comme si c'était une aberration.

Elle se tourne vers son sac et ouvre son portefeuille pour en sortir un bout de papier.

— Je ne sais pas pourquoi je le prends, je connais son numéro par cœur.

Je tends mon portable à ma mère. Elle branche les écouteurs et me donne une oreillette. Dans sa main, le papier tremble. D'un doigt nerveux, elle forme le numéro de téléphone. La tonalité résonne, ma mère ferme les yeux.

— Allô ? fait une voix masculine.

— …

— À qui ai-je l'honneur, s'il vous plaît ?

Ma mère essaie de prononcer un mot.

— Il y a quelqu'un ?

— Paul ? parvient-elle à souffler dans le combiné.

— Paul ? demande l'homme étonné.

— Vous n'êtes pas Paul ?

— Non, je m'appelle Auguste.

Elle s'apprête à raccrocher quand il ajoute :

— Qui est à l'appareil ?

— Louise, articule ma mère.

— Louise, répète l'homme.

— Il y a longtemps…

Ma mère ravale ses larmes et se force à poursuivre.

— J'ai eu un frère. Mes parents l'ont… fait disparaître… J'ignore ce qu'il s'est passé, en réalité… Il y a quelques années, une amie l'a cherché pour moi et m'a donné ce numéro. Votre numéro.

Le silence se prolonge au bout de la ligne.

— Pardon, je suis un peu surpris par cet appel… Je…

— Oui, je vous dérange. Ce n'était pas une bonne idée d'appeler comme ça, reprend ma mère qui semble battre en retraite.

— Non, non, vous ne me dérangez pas du tout mais… Donc, vous pensez que je pourrais être votre frère ?

J'essaie de sonder la voix de l'homme. Je veux y percevoir quelque chose qui nous ressemble, un signe qui confirmerait qu'il est de notre famille.

— J'ignore comment mon amie… Madeleine… a fait ses recherches. C'est peut-être une erreur.

— Je me souviens d'une Louise, dit Auguste.

Ma mère fronce les sourcils.

— Mais c'est impossible, interrompt ma mère. Mon frère était trop jeune pour se rappeler de moi. Il était encore bébé lorsqu'il a disparu.

— Non, je veux parler de Louise, la fillette célèbre pour ses fugues. L'enfant qui cherchait son frère. Dans mon village, tout le monde la connaissait.

La voix de l'homme est grave.

— C'est vous ?

— Oui.

— Je vous ai aperçue une fois, reprend Auguste. Nous venions de nous installer dans le village. Je devais avoir cinq ans. Vous portiez une robe blanche. Elle était sale. Des voisins sont intervenus immédiatement et ont averti mon père qu'il fallait vous ramener à la ferme.

— Vous vous souvenez de cela ?

— C'est un peu vague mais mes parents ont souvent évoqué ce moment par la suite.

— Mais pourquoi en ont-ils reparlé ? demande ma mère.

Elle se redresse comme si, soudain, elle avait un regain d'énergie.

— Quand les voisins ont conseillé à mon père de vous ramener à la ferme, il a refusé. Il était catégorique.

— Il a refusé ? répète ma mère, surprise.

— Oui. Ma mère était présente et ne comprenait pas pourquoi mon père ne pouvait pas faire ce trajet. Ils avaient la dispute facile à l'époque. Ils l'ont toujours eue, en fait. Mon père s'est tu. Ma mère a continué de le questionner… Ils sont plusieurs fois revenus sur le sujet. Ma mère trouvait ça suspect.

L'homme s'interrompt un instant avant de poursuivre son récit.

— Un soir, des années plus tard, ils se sont disputés violemment. J'étais supposé être déjà au lit mais leurs cris m'empêchaient de dormir. Ils ne s'étaient jamais affrontés comme ça. Il y avait une haine profonde dans leurs voix. J'avais peur, alors je suis sorti de ma chambre pour m'asseoir sur les marches de l'escalier.

Auguste laisse échapper un petit rire.

— C'est bête mais je voulais les entendre faire la paix.

Ma mère cherche ma main.

— Ils parlaient encore de cette fillette, cette Louise. Enfin, de vous. Je percevais des bribes de leur conversation, j'essayais de rassembler les informations. Je voulais savoir pourquoi vous étiez si importante. Ma mère utilisait beaucoup le mot *pute*. Elle disait à mon père qu'il pouvait retourner de là où il venait.

L'homme pousse encore un soupir.

— Puis, il y a eu un silence, et ma mère a demandé : « La petite, c'est la sœur d'Auguste, c'est ça ? » Comme mon père ne répondait rien, elle a insisté. « C'est de la ferme que notre Auguste vient ? C'est là que vit la pute ? La petite cherchait notre Auguste ? »

Ma mère retient son souffle. Je me rapproche d'elle et passe un bras autour de ses épaules.

— Je voulais savoir, bien sûr. J'étais fils unique et, une sœur, même avec une robe sale, était le rêve absolu ! ajoute-t-il avec un rire amer.

Je prends la main de ma mère dans la mienne.

— J'ai tendu l'oreille, mais aucune réponse. Ma mère a répété ses questions plus fort, puis plus fort encore.

L'homme respire profondément avant de conclure :

— J'ai entendu quelques pas et une porte claquer. Mon père faisait ce qu'il avait toujours fait le mieux : fuir.

— Et ? demande ma mère.

— J'avais neuf ans et peur de mon père. Un homme taiseux mais qui semblait toujours en colère. Du coup, je n'ai pas osé lui parler.

— Donc, vous n'avez jamais su ? essaie ma mère.

— Je voulais savoir, affirme l'homme. Mais j'ai préféré marcher des kilomètres plutôt que d'affronter mon père. Tout le monde connaissait la ferme de la fillette qui fuguait pour trouver son frère. J'ai pensé qu'à deux, elle et moi, on serait plus forts pour résoudre ce mystère.

Ma mère pose ses mains sur ses genoux mais, malgré cela, leur tremblement est perceptible.

— Alors, un samedi matin, je suis parti. J'ai marché sur le bas-côté de la route. Le chemin était long. Chaque fois que je me décourageais, je me rappelais la gamine. La légende de notre village racontait que, la première fois qu'elle l'avait parcouru, elle n'avait que six ans. Six ans !

Auguste s'interrompt comme si cet accomplissement passé méritait un recueillement.

— Le soleil était haut dans le ciel lorsque j'ai aperçu la ferme. Les alentours étaient silencieux. J'ai marché jusqu'au seuil de la maison. Puis, j'ai frappé à la porte.

Une femme a ouvert. Elle avait l'air agacée. Elle tenait un bébé sur la hanche.

L'homme souffle bruyamment dans le combiné.

— Pardon. Ça m'émeut beaucoup. Pardon pour ce que je vais vous dire. Toute cette histoire est…

Auguste s'écarte de l'appareil, ouvre un tiroir, se mouche, puis reprend le téléphone.

— Je ne sais pas… Si je dois vous raconter la suite… Je ne veux pas vous faire de mal…

— Allez-y, je veux savoir.

L'homme tousse pour s'éclaircir la voix.

— Lorsque j'ai demandé à cette femme où était Louise, elle m'a répondu qu'elle n'était pas là. Comme je ne voulais pas avoir fait tout ce chemin pour rien, j'ai insisté. Et, au lieu de répéter, elle a ajouté : *Louise est morte. Ma fille est morte.*

52

Carnet d'Archie

À l'époque où je vous ai rencontrés, j'avais une haine terrible envers les mères qui merdent. Surtout envers celles qui avaient toujours leur enfant.

Après l'accident qui a tué mon fils et mon mari, je suis restée une année à la maison, dans mon lit, à attendre que la douleur s'estompe. Mais, chaque jour, elle revenait aussi violente que la veille. Le silence de ma maison ne me laissait aucun répit. Il était impossible de fuir leur présence. Elle se manifestait dans chaque pièce, à chaque instant. J'ouvrais le robinet de la baignoire, et le premier bain avec mon bébé surgissait sur la surface lisse de l'émail. Je m'approchais de la machine à café et me rappelais que c'était mon époux qui me le préparait. Chaque geste dans cette maison qui les avait connus évoquait un temps heureux mais révolu. Le lit était l'endroit qui rassemblait le plus d'images. Nos longs câlins en famille, nos nuits sans sommeil, la bouche de mon enfant sur mon sein.

Sur le tapis, l'empreinte des pieds du berceau s'est maintenue longtemps.

Je dormais pour oublier, je tentais de les rejoindre. Je voulais leur demander pardon, j'espérais que ma colère brûle moins ma gorge si je pouvais prononcer ces mots-là, même dans un songe.

Même si ce soir-là, je n'avais bu qu'un peu plus que la limite autorisée, même si ma responsabilité dans l'accident n'était pas établie, ce pardon m'était nécessaire.

Dans mes rêves, ils ne sont jamais venus. J'ai perdu l'espoir de les y croiser. Lorsque mon corps n'a plus pu dormir toute la journée, je suis restée les yeux ouverts, le regard figé sur le plafond, à ne rien faire. À quoi bon ?

Un matin, l'hôpital m'a appelée. Ma cheffe m'informait que notre service était saturé. Elle a dit «notre» comme si je faisais toujours partie de l'équipe. Comme si je faisais toujours partie d'un «nous». Le manque d'effectifs était important.

— Sais-tu quand ton congé médical prendra fin ?»

Sa question m'a fait sourire. Elle supposait une amélioration possible de mon état. Ma responsable évoquait une étape que je n'avais même pas imaginée. Pendant tous ces mois au lit, je n'avais jamais envisagé mon avenir. Je crois que j'espérais juste mourir, là, seule, dans mon lit.

Ma cheffe s'est retranchée dans le silence. Elle attendait poliment ma réponse.

Nous avons tous nos failles, mon Archie. Les miennes m'avaient menée à la bouteille, à la perte des êtres qui m'étaient chers, à cette chambre que je ne quittais plus.

Ma cheffe a ajouté :

— On a tellement besoin de toi.

Cette petite phrase insignifiante a fait son chemin. Dans le noir de mes nuits, elle est revenue en écho. Ses mots se mélangeaient. Les visages de certains bébés se dessinaient maintenant sur le plafond blanc de ma chambre et, avec eux, un sentiment diffus. Celui d'une volonté que je ne connaissais plus.

À ma cheffe, je n'avais su que répondre. J'avais proposé de la rappeler à un autre moment, prétextant que j'étais occupée. Un comble.

Elle m'a téléphoné trois jours plus tard. Dans sa voix, une tension teintée de fatigue. Elle a répété sa question, tentant vaguement de dissimuler son agacement.

Alors j'ai dit oui, comme j'ai toujours dit oui. Sans réfléchir, sans m'écouter. J'ai dit oui parce que je ne savais rien dire d'autre face à une demande. Cette histoire de failles, encore.

Elle m'a remerciée puis est revenue à la charge.

— Quand ? Demain ? Demain, c'est possible, Bambi ?

L'histoire de nos failles, ces blessures qui nous déchirent et s'ancrent en nous en autant de conditionnements. Dire oui, ne pas prendre sa place, ne pas exister, puis tuer ceux qui nous aiment.

— Demain, Bambi ?

Cette histoire qui se répète bien malgré nous.

53

> La destinée ne vient pas du dehors de l'homme, elle sort de l'homme même.
>
> Rainer Maria Rilke, *Lettres à un jeune poète*

Lorsque ma mère met fin à sa conversation avec Auguste, nous restons silencieux. L'atmosphère a viré. Devant nous, les possibles se multiplient, ils prennent la forme d'un frère, d'un oncle, de quelque chose qui ressemble à une famille.

Quand j'ouvre la bouche pour parler, c'est un rire qui vient. Ma mère se tourne vers moi et, comme si elle comprenait instantanément l'énorme blague que nous ont jouée nos existences, elle rit aussi. Elle pose une main sur mon épaule et son corps bascule de l'avant vers l'arrière, secoué par cette joie nouvelle. Son rire déploie le mien, des larmes coulent sur nos visages et, chaque fois que notre bonheur faiblit, un regard le relance.

Je découvre ma mère heureuse.

Archie

Dans notre famille, il y a cette tradition
Lorsque le chaos nous pousse à terre
Nous ne restons pas avec notre peine
Nous nous levons pour prendre la route
En quête de ce qui nous manque
Un frère, une mère, la liberté
Un héritage qui maintenant m'anime
Mon école démocratique devant moi
Ma mère sur mon chemin
Nous pouvons rêver comme les autres
Jamais nous ne serons vaincus
Car notre lignée est apte à se lever

54

Carnet d'Archie

Le lendemain, pour la première fois depuis le drame, je suis retournée à l'hôpital. Mes collègues m'ont présenté des condoléances embarrassées, faites de phrases courtes, de regards détournés. Toutes connaissaient les circonstances de l'accident. En reprenant mon travail dans le même service, je décidais d'affronter le jugement, sorte de pénitence que je m'infligeais, moi qui étais incapable de me pardonner. L'abstinence, alors que j'avais plus que jamais besoin de la boisson pour endormir ma peine, ne me suffisait pas. Je devrais payer jusqu'au dernier jour.

La vie est un chemin bien étrange. Elle se dessine à la croisée des destins, sous l'influence d'autres existences, elle est la somme de nos histoires donc. Je reprenais ma place au milieu de ces bébés, et je verrais le mien partout. Évidemment. Une voix m'enjoignait de ne pas les toucher, qu'avec leur odeur, leur chaleur, ils me ramèneraient au passé. Ils me couleraient, moi qui gardais à peine la tête hors de l'eau. Je regardais ces minuscules nouveau-nés avec méfiance, autant de portes vers un nouvel enfer. Pendant leurs soins, mes bras étaient tendus pour les maintenir à distance, je me concentrais sur le lange à changer, pas sur les yeux qui s'ouvraient sur moi. J'évitais de donner les biberons et, s'il le fallait, je le faisais de loin, le regard ailleurs. Je ne m'attardais plus comme avant. Les parents me trouvaient froide. En réalité, j'étais pire que cela. J'étais absente.

Je me frayais un chemin entre mes abîmes et naviguais à vue. Chaque matin, j'espérais que toutes ces petites mains m'évoquent moins ses petites mains à lui. Je croyais encore qu'on peut arrêter d'attendre le retour d'un être cher, qu'on peut arrêter d'avoir mal, qu'un jour, le manque s'estompe. Mais leurs présences semblaient éternelles.

Chaque fois, je franchissais le seuil de mon service, plus éteinte que la veille. Je tenais debout mais je ne vivais plus. Je fonctionnais, à défaut de savoir quoi faire. Je suivais cette trajectoire proposée par d'autres. Un travail à effectuer, des repas à manger, des nuits à tenter de dormir dans un lit devenu trop grand.

C'est dans cette torpeur qu'un matin, j'ai recueilli ta mère aux urgences. Dans ma brume, bien sûr que je ne pouvais pas voir son gros ventre, bien sûr que je ne pouvais plus voir aucun gros ventre.

J'ai tout de suite su qu'elle était accro à quelque chose. Je me suis reconnue dans ces bras abandonnés de part et d'autre d'un corps meurtri.

Puis, j'ai vu son ventre se tendre, perçu un gémissement, une contraction qui culmine avant de s'éloigner et, là, j'ai compris. Elle qui était encore plus loin que je ne l'avais jamais été avait un bébé qui l'attendait. Elle ne serait pas seule. Pour elle, tout était encore possible.

J'ai contemplé ce gros ventre, défiance ultime de ma vie de merde, et j'ai perdu la tête. J'ai levé la main bien haut et m'apprêtais à frapper ta mère avec rage lorsque, à la surface de son ventre, une boule s'est formée. Notre première rencontre, mon Archie. Cette petite main qui effleure son continent et se tend vers un autre. La magie de deux univers qui s'apprêtent à se fondre en un seul. Mon monde dévasté et le tien qui va surgir, deux destins sur le point de s'allier. Moi qui ne peux plus toucher les bébés et toi qui dois l'être absolument. Chacune de nos vies comme le remède à l'autre.

J'écris maintenant sur la dernière page de ce carnet. Peut-être le signe qu'il faut vivre désormais. Il me reste à te souhaiter l'existence que tu mérites. J'aimerais que tes rêves n'aient pas de limite, que tu espères pour toi ce que personne n'oserait désirer à ta place. Je voudrais que tu mettes tes premières années dans une petite boîte et que tu bâtisses ton futur sur tes possibles. Une sorte de pied de nez au destin et aux statistiques. Une liberté que tu t'accorderais enfin.

J'aimerais pouvoir me raconter qu'être restée ici malgré tout a un sens.

M'inventer ces belles histoires où une infirmière foutue a secouru un bébé.

Celle où une famille brisée m'a réparée.

55

Cher Archie,

Je te remercie pour ton courriel que la directrice de l'école m'a transmis. Elle pense que je suis la mieux placée pour y répondre. Je me présente d'abord. Je m'appelle Ella, je suis professeure pour les classes des deux dernières années.

Concernant ta première question, nous accueillons évidemment tous les élèves, quelle que soit la pédagogie prônée par leur ancienne école. Une période de transition sera peut-être nécessaire mais les jeunes s'adaptent vite. Les enfants ont cette capacité incroyable de toujours se réinventer.

Tes autres interrogations sont plus complexes. À quoi sert une école démocratique ? Est-ce que tu peux prétendre à une carrière après avoir fait exactement ce que tu veux pendant des centaines de journées ? Ces questions tournent autour d'un même sujet. Quel est l'effet de la liberté sur nos vies ? Qui serions-nous si nous étions profondément libres ?

J'ai toujours eu une confiance profonde en mes élèves, je les observe s'élever exactement là où ils en ont besoin, chercher ce qui leur manque, plonger dans ce qui les passionne et s'y révéler. Je les vois heureux, surtout. Joyeux d'apprendre.

Je vais peut-être te décevoir mais je n'ai jamais pu vérifier si mes élèves choisissent d'apprendre ce qui est essentiel pour leur futur. Cela impliquerait de savoir ce qui est essentiel et quel devrait être leur futur. Quand on sait que chacun est unique, la question devient épineuse.

Pour te donner une idée des débouchés, nos anciens élèves comptent des maçons, des professeurs, un champion de tennis de table, des menuisiers, un sculpteur, une créatrice de bijoux, des infirmiers, des médecins, beaucoup d'entrepreneurs et quelques écrivains. À ce jour, nous n'avons encore aucun avocat mais notre école n'a que quelques années.

Pour être honnête avec toi, je ne suis pas la plus objective pour répondre à tes questions. On n'accepte pas par hasard un poste comme le mien. J'étais déjà convaincue. Sans le savoir, je l'ai toujours été. Pour la petite fille que j'étais, rien n'était plus précieux que l'espace, la souplesse, le choix. Alors, voici ce que je crois. La liberté est comme le silence. Elle permet d'avoir accès à autre chose. La lumière sur un paysage, une envie fragile, un talent ignoré. Avec le silence, tout a sa place.

À propos de place, j'ai lu ton dossier avec attention. Nous n'avons pas l'habitude d'accepter des élèves en cours d'année. Cependant, tes poèmes nous ont beaucoup touchés. La lettre manuscrite de ta mère aussi. Nous aimons ces histoires de seconde chance, ces nouveaux départs dans la vie, ces chemins qui nous font grandir.

Alors, Archie, sois le bienvenu dans notre école.

Ella

56

> Car le créateur doit être lui-même un monde, il doit trouver toute chose en lui et dans la nature à laquelle il s'est lié.
>
> Rainer Maria Rilke, *Lettres à un jeune poète*

Ce matin, je suis debout face à mon école. J'ignore comment nous allons faire mais mon rêve me porte. Et ma mère a dit qu'elle veut essayer.

Ma cadence quand j'étais seul, puis celle plus lente lorsque j'étais accompagné, nos détours et pauses prolongées, ce temps morcelé, ces pas qui s'alignent pour former une droite vers mon objectif, m'ont transformé. Cinquante jours à me nourrir du vent, de cette mer en mouvement, à m'accorder au timbre nouveau de mon monde en mutation.

La main de ma mère dans la mienne comme la plus puissante des victoires. Les jolis mots s'envolent parce que nos cœurs savourent en silence.

REMERCIEMENTS

L'histoire de ce roman

La vie a beaucoup d'humour. Alors que j'écris ce roman qui aborde entre autres le sujet de l'école démocratique, mon pays, la Belgique, déclare la fermeture de nos écoles pour un confinement strict de plusieurs mois.

Le 13 mars 2020, j'explique à ma fille de huit ans que sa maîtresse m'a envoyé un dossier facultatif d'exercices à réaliser et que, chaque semaine jusqu'à la réouverture, elle en recevra un nouveau. Je lui demande comment elle souhaite procéder.

Elle me répond par une autre question : « Facultatif, ça veut dire quoi, Maman ? »

Je souris.

« Facultatif signifie qu'on a le choix de le faire ou non, que ce n'est pas obligatoire. »

Elle réfléchit quelques secondes avant de prononcer ces mots qui seront ma toute première expérience de l'école démocratique et notre chemin pour les six mois suivants :

« Alors, Maman, je ne vais pas les faire. Ni cette semaine ni les autres. »

Je voulais partager avec vous cette parenthèse d'aventure et de liberté qui a aussi façonné l'écrivaine et vous livrer ma conclusion personnelle. Même si j'imagine que nulle pédagogie n'est parfaite, la pédagogie démocratique a de magnifiques apports pour enrichir notre école, certainement déjà véhiculés par nombre de professeurs et autres pédagogies :

— le maître apprend à l'élève tout autant que l'élève apprend au maître ;

— l'enfant a naturellement envie d'apprendre ;

— la liberté est un puissant moteur pour l'apprentissage ;

— la confiance que l'enfant peut guider sa vie de la meilleure façon qu'il soit ;

— la joie et la curiosité de découvrir le chemin que l'enfant emprunte ;

— le bénéfice de prendre en compte l'individualité de l'enfant, ses goûts, ses élans naturels ;

— donner sa place à chacun.

Il était essentiel pour moi d'aborder le thème de l'école. Je rêve d'un monde où nos enseignants et nos enfants auraient les moyens de vivre leur école idéale. C'est le fondement de notre société. Cela devrait donc être aussi une priorité en termes d'investissement, pour l'humanité autant que pour notre économie. Accompagner nos enfants pour qu'ils puissent devenir les adultes confiants et épanouis, capables de bâtir le monde de demain.

*

Les experts qui ont enrichi ce roman grâce à leur savoir

Même si j'ai parfois pris quelques libertés par rapport à la réalité pour les besoins de l'intrigue, j'ai été passionnée par les entretiens avec les experts qui m'ont partagé un peu de leur sagesse.

Comme pour mon quatrième roman *Mademoiselle Papillon*, **Marie Tackoen**, cheffe de néonatologie du CHU Saint-Pierre (Bruxelles), m'a accueillie dans son service pour que je saisisse tous les aspects du sevrage d'un nourrisson. Marie et son équipe m'ont partagé leur ressenti et m'ont enseigné les facettes plus techniques. Toute ma gratitude à Marie Tackoen qui a aussi pris le temps de relire le manuscrit, mettant son humanité et sa grande intelligence au service de la justesse et de la précision du récit.

Caroline Delcorde, psychologue dévouée qui a travaillé en institution pour enfants placés par le juge et aujourd'hui, en service d'accompagnement socio-éducatif, a eu la générosité de relire le texte pour me faire bénéficier de toute son expertise et de son savoir précieux en relations humaines.

C'est avec la gynécologue **Julie Belhomme**, cheffe de la clinique d'obstétrique du CHU Saint-Pierre (Bruxelles), que j'ai validé l'accouchement des jumeaux. Le but était de faire en sorte que cet accouchement hors-norme demeure probable et crédible. Les connaissances pointues et l'humour de Julie Belhomme m'ont beaucoup aidée dans l'écriture de ce chapitre. Merci également à **Alexandra Cogan**, cheffe de clinique adjointe en obstétrique au CHU Saint-Pierre (Bruxelles), pour ses conseils sur ce point.

Merci à **Mélanie Perotti**, psychologue dans le service de néonatologie du CHU Saint-Pierre (Bruxelles) pour sa sagesse dans ce domaine. Merci à **Nathalie Tonnon** de **Parentalité-Addiction** qui m'a servi de guide dans cet univers particulier. Avec beaucoup de sensibilité, elle a répondu à mes questions. **Anne Robert** de **Parentalité-Addiction** m'a également partagé sa grande expérience.

Merci à **Julie Désir**, médecin généticienne de l'Institut de pathologie et génétique de Gosselies, pour ses éclaircissements en la matière.

J'ai découvert l'école démocratique grâce au film ***Les Enfants de Summerhill***. J'ai été complètement fascinée par le sujet. L'école de Summerhill, fondée par **Alexander Sutherland Neill** en 1921, véhicule une pédagogie démocratique basée sur certaines valeurs, comme l'égalité entre les élèves et les enseignants. J'ai eu la joie d'interviewer **Zoé Neill Readhead**, fille du fondateur et aujourd'hui directrice de l'école, sur les bénéfices de ce type d'enseignement. Cet entretien émouvant m'a rappelé combien la confiance en soi se construit tous les jours et que l'égalité entre les êtres en est un des plus puissants outils.

Merci à **Cécile Prokop**, pédiatre qui a créé l'école démocratique Sudbury de Lille (France). Cette femme brillante, sensible et profondément animée par sa mission, m'a livré son émerveillement et ses rêves pour nos enfants.

Toute ma gratitude à **Peter Gray**, chercheur et professeur passionné de recherche en psychologie au Boston College (États-Unis), pour son temps et le partage de ce qui représente la quête de toute une vie.

J'ai eu la chance de pouvoir échanger avec **Dorothée Baillet** et de bénéficier de ses enseignements de docteur en sciences psychologiques et de l'éducation.

Merci à **Auriane de Pierpont**, logopède/orthophoniste dévouée, de m'avoir partagé un peu de son quotidien auprès des enfants.

Ma gratitude à **Isabelle Delcroix**, directrice de l'École-à-vivre à Fosses-la-Ville (Belgique), pour son temps et son authenticité.

Quel bonheur de passer une matinée à écouter **Alexandra Gersdorff**, passionnée depuis toujours par l'enseignement.

Je remercie **Elsa Roland**, docteur et chercheuse en sciences de l'éducation, auteure de la thèse *Généalogie des dispositifs éducatifs en Belgique du XIVe au XXe siècle. Disciplinarisation et biopolitique de l'enfance : des grands schémas de la pédagogie à la science de l'éducation*. Notre discussion autour des rapports de domination qui sous-tendent notre société, et donc aussi nos écoles, a été profondément éclairante.

Enfin, merci à **Bernard Rey**, professeur honoraire de sciences de l'éducation à l'Université Libre de Bruxelles, de m'avoir communiqué avec simplicité et enthousiasme quelques-unes de ses sagesses, fruits d'une vie de recherches et de questionnements.

*

Archie

Mes alliés dans l'écriture

Merci aux deux fabuleuses éditrices qui m'ont accompagnée dans l'écriture de ce roman. Grâce à la naissance d'un adorable bébé, j'ai eu droit à deux regards, deux avis, deux sensibilités, un grand cadeau sur ce chemin. Merci à **Claire Do Sêrro** pour sa confiance et son enthousiasme, c'est si précieux dans une vie d'écrivain. Merci à **Delphine Roché** pour sa bienveillance, son œil de lynx et son humour. Nos échanges, ses conseils précis et pertinents ont enrichi le texte et mon savoir d'écrivain.

Merci à la jolie équipe de **Robert Laffont**. Que d'humour, de gentillesse et de soin dans le lien !

Je remercie **Fernand, Christine et Alexia de Visscher** sans qui je ne serais pas là où je suis aujourd'hui.

Elle me suit avec patience depuis mon premier livre. Merci à ma sœur **Clémence** de me faire profiter de sa grande intelligence et de sa sagesse.

Enfin, ma profonde gratitude à celui qui a fait de moi un écrivain, celui qui est capable de tout gérer comme un dieu pour que je puisse m'épanouir dans mon métier, mon allié de toujours, mon compagnon drôle au grand cœur, mon fabuleux mari **Benjy**.

BANDE-SON D'*ARCHIE*

To Build a Home – The Cinematic Orchestra
Je n'en connais pas la fin (live) – Jeff Buckley
Love of my Life (live at Rock in Rio) – Queen
California – Joni Mitchell
I Want a Little Sugar in my Bowl – Nina Simone
You'll never Walk Alone – Marcus Mumford
Time after Time – Iron & Wine
Love You So Bad – Ezra Furman
Old Lady – The Lumineers
Life in the City – The Lumineers
Lascia ch'io pianga –Derek Lee Ragin, Christophe Rousset, Les Talens Lyriques & Ewa Mallas-Godlewska
Snow – Sleeping at Last
That I Would Be Good – Alanis Morissette
Fast Car (live) – Tracy Chapman
That Look You Give that Guy – Eels
It Wasn't Easy to Be Happy – The Lumineers
Comptine d'un autre été l'après-midi (live) – Yann Tiersen
Jardin secret – Scala & Kolacny Brothers
Guaranteed – Eddie Vedder

Archie

Splash of Light – Ezra Furman
Where Is my Mind? – Pixies
A Lonely One (live) – Pomme & Elliot Maginot
Ce garçon est une ville – Pomme
La Vengeance d'une louve – Brigitte
My Cell – The Lumineers
The Long Road – Eddie Vedder & Nusrat Fateh Ali Khan
Sauver ma peau (piano-voix) – Brigitte
Relator – Pete Yorn & Scarlette Johansson
Sparring Partner – Paolo Conte
April – The Lumineers
To Love Somebody – Nina Simone
The Wind – Cat Stevens
Wonderful World – Sam Cooke
Distance – Editors
Stay – Maurice Williams & The Zodiacs
Song to the Siren – Rose Betts

Ce livre existe grâce au travail de toute une équipe.

Communication : Caroline Babulle, Sandrine Perrier-Replein, Typhaine Maison, Adélaïde Yvert.

Coordination éditoriale et administrative : Céline Poiteaux, Martine Rivierre.

Studio : Pascaline Bressan, Barbara Cassouto-Lhenry, Joël Renaudat.

Fabrication : Muriel Le Ménez, Céline Ducournau, Bernadette Cristini, Phousa Chantharath, Isabelle Goulhot, Émilie Lapan (Canada).

Correction : Emmanuelle Coppeaux, Valérie Gautheron.

Commercial, relation libraires et marketing : Laetitia Beauvillain, Alexandra Profizi, Élise Iwasinta, Morgane Rissel, Aurélie Scart, Clément Vekeman.

Cessions de droits : Isabelle Votier, Benita Edzard, Lucile Besse, Sonia Guerreiro.

Gestion : Sophie Veisseyre, Chloé Hocquet, Isabelle Déxès, Camille Douin.

Services auteurs : Viviane Ouadenni, Jean-François Rechtman, Catherine Reimbold.

Ressources humaines : Mylène Bourreau.

Juridique : Laëtitia Doré, Anaïs Rebouh, Valérie Robe, Jean-Benoît Vassogne, Julia Crosnier.

Diffusion : Aurélia Spalacci (directrice des ventes), Nadine Eugénie, Céline Pitt, Arnaud Weill, Hervé Adamczyk, Annie Bourgade, Éric Charpentier, Gilles Couillard, Sandrine Ducrocq, Élisabeth Ehlinger, Guillaume Loras, Jean-Philippe Pilloux, Philippe Maulnier, Gilles Torché, Élisabeth Gastaldo, Jean-Pierre Stephany (Belgique), Olivier Béguin (Suisse), Jean Bouchard et Marie-Ève Provost (Canada), Emmanuelle Cadot, Virginie Godet et Caroline Pan.

Ainsi qu'à toutes les équipes d'Interforum et d'Editis qui participent à la création, la diffusion et la distribution de ce livre.

Canoros Vehit Canentes

La photocomposition de cet ouvrage
a été réalisée par
GRAPHIC HAINAUT
30, rue Pierre Mathieu
59410 Anzin

MIXTE
Papier
FSC FSC® C003309

L'éditeur de cet ouvrage s'engage dans une démarche de certification FSC® qui contribue à la préservation des forêts pour les générations futures.

Pour en savoir plus :
www.editis.com/engagement-rse/

Imprimé en France par CPI
en septembre 2021

N° d'édition : 62576/01 – N° d'impression : 3044905